AF178915

ZWISCHEN PAUSEN UND VIERTELN

TANDAKAN

2. Auflage
Alle Rechte vorbehalten
Tandakan Literatur 2026
tandakanliteratur@gmail.com

Tandakan
Jannis Ottovordemgenschenfelde
Nick Cudakiewicz

Inhalt

Allgemeine Anmerkung

Es geht uns – gegensätzlich zum verbreiteten Volksglauben – nicht darum, uns entlang einem der vielen beeindruckenden Gebirgskämmen der Weltliteratur zu bewegen. Wir machen einfach unser Faktum. Literatur und Theater sind zwei verschiedene Welten. Tag und Nacht auch. Und doch stellen wir uns nachträglich die Frage, ob ein gleicher Weg bei Nacht kürzer erscheint als am Tag. Ob es näher ist, einen Berg direkt zu überqueren als sich den endlosen Straßen des Tals zu überlassen, wird im Folgenden nicht erarbeitet. Die Frage ist hier auch: Schafft der Zug die Steigung? Fragen für die Zukunft. In der Debatte über lange Wanderwege und tapfere Bergsteiger sitzt *Zwischen Pausen und Vierteln* entspannt auf einer Parkbank außerhalb des Saals. Dieses Stück ist vielmehr ein handgegrabener Tunnel. Ohne Licht ist es dort dunkel.

TDK.

Zwischen Pausen und Vierteln

Vierteln

Ein Drama in zwei Akten
Neufassung 2026

Für alle, die zwischen Pausen und Vierteln ihren
eigenen Rhythmus suchen.

Personen

Profunde

Heizer

Lokführer

Sanda

Konduktor

Tarkan

Tukan

Herr Lehrer

Kober *Oberchorleiterin/Tagesmutter*

Waltraud Falkenbrecht ⎤

Hildegard Bleichenbauch ⎬*Die Frauen*

Sieglinde Grauwaldeckchen ⎦

Meister

Sein Diener

G *All*

Duke Alaric Montclair *Tonträger*

Jacques Saxton *geb. Jonatan Siebert*

Rufus Bassilisk

William Malfunk

Echo Chamberlain

Einfache

Erster Mann	⎤	
Zweiter Mann	⎬ *Wutbürger*	
Dritter Mann	⎦	
Fred	*klein*	
Reporter	*lästig*	
Mädchen	*weinend*	
Erster	⎤	
Zweiter	⎥	
Vierter	⎬ *Händler*	
Fünfter	⎥	
Sechster	⎦	
Schokoladenverkäufer		
Verkäufer		
Gleisarbeiter		
Schmied		
Mann	*alt/gekrümmt*	
Frau		
Frau	*älter/verschreckt*	
Erster	*Schüler*	
Zweiter	*Schüler*	

Ort: Dorf Zwipau
Zeit: Gegenwart

Prolog

Dunkelheit. Felder. Leere. Stille. Schwärze. Abgrund. Sternenloser Himmel. Pause. Sobald eintausend Arbeiter zwei Jahre lang an einer hochrangigen Einzelanfertigung schuften, sticht aus der Werkshalle ein neuer Schienenriese hervor. Das Rostbett wird eingeweiht und die Heizergrube mit Brennklötzen gefüllt. Ein ätzendes Ausströmen drängt sich ruckartig aus dem Zischventil. Mit jedem ernsten Kolbenschlag beschwert sich das Zahnradwerk über das Raddonnern auf der Metallader. Ein fernes Rattern, gleichmäßig und doch unruhig, schwillt an. Ein Kohlenfresser schiebt sich durch die schwere Nacht, das Herz aus Stahl schlägt im Takt eine unsichtbare Melodie. Schatten huschen über das abgewetzte Leder der Sitze, gespiegelte Lichter tanzen in den Fenstern. Die Stirn gegen das kalte Glas gelehnt. Gedanken richten sich der stummen Partitur der Nacht. Unterbrochen wird die Wagenstille von einer krummen Durchsage, durchzogen von einer eigentümlichen Dringlichkeit: "Fahrkarten, bitte! Wisst ihr, wohin ihr fahrt? Wisst ihr, was euch erwartet und worauf ihr euch einlasst?" Ein Mythos ist der Kraftzug seit einiger Zeit schon nicht mehr. Die toten Passagiere haben ihre Antwort längst gefunden – oder verloren. Denn Musik ist mehr als Töne, mehr als Rhythmus. Sie ist Freiheit, sie ist Fessel. Sie ist ein Versprechen. Das Signalhorn schreit in die Dunkelheit. *Zwischen Pausen und Vierteln* beginnt die Reise.

SZENE 0: Kohlefunken

Ein enger, heißer Raum voller Rohre, Ventile und Hebel. Das Spitzenlicht flackert. Abgestorbene Äste krachen an den Schieberkasten. Eine elendige Mischung aus Dampf, Öl und Metall setzt sich in der Lunge fest. Keine Türen. Zwei verkohlte Arbeiter halten sich an einem rostigen Griff fest.

HEIZER: Der Druck ist aber ziemlich hoch. Oder nicht?

LOKFÜHRER *(sein Gesicht bleibt unbewegt)*: Verzichte auf die vierte Ladung. Sie schreit schon.

HEIZER: Sie frisst mehr als gewöhnlich.

LOKFÜHRER: Gewiss, es geht bergauf. *(Er zieht an seiner Pfeife)* Wir sollen schneller fahren.

HEIZER: Die Hitze.

LOKFÜHRER: Die kalten Winter dauern an. So sternklar ist die Nacht.

HEIZER *(wirft eine Ladung Kohle in den Kessel)*: Auf geht's. Sie faucht so sehr. Das ist die letzte. *(Er wirft noch eine hinterher, schließt die Feuerbüchse.)*

Irgendwo lässt ein Rohr Dampf ab, heiße Tropfen besprühen die beiden.

LOKFÜHRER *(schaudert)*: Was zum Teufel war das?

HEIZER: Keine Panik. Ist doch nur das Metall.

LOKFÜHRER *(fast unheimlich)*: Hörst du es nicht? Atmen. Es atmet.

HEIZER *(lehnt sich über das kalte Metall, streckt seinen Kopf hinaus)*: Das ist der Wind. Der Zahn bringt Getöse. Die Schienen führen uns in die Dunkelheit.

LOKFÜHRER *(panisch)*: Nein. Das ist der Zug.

Es donnert. Die Lok pfeift. Ein Kolben stockt. Im Führerhaus knallt es.

HEIZER: Ich atme nicht.

LOKFÜHRER: Ich atme nicht.

Erster Akt

SZENE 1: Bahnübergang

Stadt Zwipau, Sanda sitzt auf einer Mauer vor dem einzigen Bahnübergang der Stadt, stellt sich vorbeifahrende Züge vor.

SANDA *(verträumt)*: So warte ich hier wieder dutzend Stund' und in der Ferne vibriert des Dampfes Mund! Hurra! Nun endlich wieder ein Zug! Und bloß nicht noch die falsche Biege machen. Brettern werden Sie an mir vorbei! Und aus den Fenstern und Tür'n kommt Euphorie! Sie woll'n mich sehen. Sie seh'n mich! Sie sehen mich!

KONDUKTOR: Schnehsch Sanda! Bist du schon in den Sternen unterwegs? Mal wieder im Nachthimmel verfangen?

SANDA: Unterwegs? Auf falscher Fährte. Mich kriegen Sie nicht, die Sterne. Die Sterne sind ein Konstrukt voll Asch', voll Angst, voll Zweif'. Nein, Stern? Nein. Ich warte auf die große Sonne. Sie soll mich kriegen. Wärme, wissen Sie? Wärme ist das einzig Wahre. Warm mag ich sein.

KONDUKTOR *(schmunzelt)*: Warte du ruhig. Noch Stund' dauert es. Vielleicht brauchst du den

Ast zersägen, der dich abhält, von neuem Feuerholz. Vielleicht brauchst du wegschmeißen, bevor du die Ernte ausfahren kannst. Brauchst deinen Garten pflegen, durchsehen durch Nebelstolz. Und mit klarer Sicht und Verstand du ebenerdig an dein Ziel gelangst.

SANDA: Ruhe, ich will warten.

KONDUKTOR *(lacht)*: Abhauen musst du, Zuge komm!

SANDA: Ist's schon so weit? Kommt doch nur jeden Dritten! Das wär' für jemanden wie mich ein Wunder! So schnell.

KONDUKTOR: Nein, aber vorbereitet muss man sein. Ordnung ist wichtig. Und du musst haben teuren Durchblick! Dafür bist du ja so geschickt! Genauso wird ein Zug geschickt.

SANDA: Schon seit ich bin klein, warte ich auf einen Zug. Doch kommt? Nein. Wie kann das? Kann Herr Konduktor das? Kann doch so vieles. Lassen Sie doch einen kommen.

KONDUKTOR: Wie soll das steh'n? Kauf dir Geduld. Im Leben brauchst du vielleicht nur einen Zug. Doch wenn er kommt: Pass auf. Dass dir der Wind das Fenster nicht zerschlägt! Scherben aufheben ist müh'.

SANDA: Ich will hier nicht raus.

KONDUKTOR: Um einzusteigen braucht die Tür sich nur einmal öffnen. Nun denn. Bis bald.

SANDA: Wartet. Baldig abends? Ihr großes Stück, nicht wahr? Ich wünschte, ich wär' letztes Mal schon da. Sie leben einen großen Traum von mir, ich werde noch so wie Sie! Ha, das sag ich dir!

KONDUKTOR: Sehr selbstbewusst. Klingt wie Musik in meinen Ohren. Viel Übung soll sich auszahlen und dich und deine harte Arbeit belohnen. Auf dich werden Rampenlichter strahlen!

SANDA: Aber ich muss doch fragen: Kamen Sie mit dem Express?

KONDUKTOR: Ich war gelaufen.

SZENE 2: Chaoskammer

TARKAN *(wütet herum und schmeißt um sich)*: Ich verstehe es nicht! Tu' ich doch alles, doch alles kommt tot. Kommt nicht. Verwelkt meine Müh'. Wo ist denn der 'folg, Pokal und Preis. Tu' ich doch alles.

TUKAN: Haha, ein Narr sollst du sein. Wie geht es dir? Diese Frage spare ich mir. Mit welcher Scherbe spreche ich hier, Tarkan?

TARKAN: Sogar lacht auf mich ein Tukan! Schmeißen werde ich dich, dass vergammeln du sollst im Ozean! Aus dir werde nichts weiter als ein Wasservulkan!

TUKAN: Schmeißen wirst du dich selbst, nicht wahr? Vor einen Zug? So letztens erst der alte Herr vom Rande? Kein Bahnhof in Sicht, eine Schande. Ahh!

TARKAN: Schrei! Schreit' weg und schweig! Sing doch mein Lied. Meine Müh'. Tu ich doch alles!

TUKAN: Nein;

TARKAN: Er versteht sich nicht? Was versteht man unter Verstehen? Nicht einmal mein Verstand kann verstehen, wie alles entstand. Verstehe ich mehr als mein Verstand? Stehe ich, wo der alte Herr vom Rande stand? Wer setzt das letzte Feuer in Brand?

TUKAN:

TARKAN: Was ist mit dem Tukan? Ich verstehe nicht? Aber rede mit mir? Der Tukan? Mein Verstand? Bin ich nun verrückt geworden? Muss mich noch geraderücken. Meinen Rücken verrücken. Und den Tukan zerpflücken. Aber. Musik ist's. Töne sind's. Ich mag die Viertel. Raus! Draußen wird finden. Ich muss ins Stadtviertel. Bald gehe ich auf Reise!

SZENE 3: Sommerferien

TARKAN: Ach, herrlich. Diese heißen Winter, wie
sehr gefällt mir der Schnee. Als wenn alles will, dass
ich doch niemals geh'. Wie ein Singen ertönt es mir.
Herrlich, wahrhaftig, so ist es hier. Herrlich. Ach.
Ein Vogelschwarm. Wie schön Platz sie lassen, um
nicht zusammenzustoßen. Dann hilft kein Pflaster.
HERR LEHRER: Schnehsch Tarkan! Unterwegs?
Will doch wissen, wie es dir ergeht! Wenn man dich
sieht umherstreifen, weiß man gewiss, dass du dabei
bist, dir den Kopf zu zerreißen. Was ist's denn
diesmal?
TARKAN: Wie einmal ein weiser, armer Mann, ein
Opfer jeden Einfluss', erkenne ich den Sinn: Jeder
auf der Sternenjagd, der über das gedenkt, holt des
Reichtums Anerkennung! Diese Kunst enthält Hass.
Ich erzähl's einem, aber er meint, es wäre ein Irrtum.
Die täuschen uns durch naive Unschuld. Ein Leiden
als das Honorar, aber das Wissen? Dumm.
Fürchterlich ist hoch. Die Furcht siegt.
HERR LEHRER: In Deutsch passt du also gut auf!
Ein wahrlich schönes Buch! Aber Tarkan, was ist's?
Sind's doch Sommerferien. Haben doch frei. Ihr
alle. Auch ein Lehrer. Freut's doch mal Pause
machen.

TARKAN: Herr Lehrer, was ist denn das, was so frei sein soll. In welcher Freiheit kann er denn leben? Ich glaube nicht, dass die Freiheit, die er besitzt, ihn frei macht. Frei ist er gewiss nicht. Herr Lehrer. Niemand kann das.

SANDA: Schnehsch! Herr Lehrer! Sie hier? Sind's doch frei. Die Ferien.

TARKAN: Aber du auch! Schweben im Irrtum. Dachte du bist der, der sieht? Frei ist nur der Zug. Der kommt, wenn will. Konduktor passt auf. Doch Einfluss hat er nicht. Bestimmen kann er nichts. Kann niemand.

SANDA: Nun dann, werden es wohl ganze Ferien. Nicht viel Freiraum. Stress? Ich sehe, du lebst nach anderen Kriterien und bist bekannt mit dem Konduktor. Wie interessant. Ich finde seine Werke beeindruckend und raffiniert.

TARKAN: Konduktor. Sanda. Raffiniert gewiss nicht. Ihr beide könnt es nicht. Niemand kann es. Konduktors Töne sind schön. Viertel sind traumhaft und er spielt mit den Leeren. Dennoch erkenne ich es. Er ist sich selbst zu wichtig. Er sieht nicht, und wie deine Pausen verraten, siehst du es auch nicht, Seher.

SANDA *(rasch)*: Was meinst du? Kann das sein? Sag mir, was machst du?

TARKAN: Musik ist's. Töne sind's. Ist doch klar, oder nicht?

SANDA: Ich mag die Pausen.

HERR LEHRER: Die Besten!

TARKAN: Ich mag die Viertel.

SANDA *(lacht)*: Auf dem Gebiet, ich bin's, Expert'! Sternschnuppen, kurze Melodie, doch dann still! Absturz! Verdampft am Horizont, der war zu hell. Der Zug zu schnell!

HERR LEHRER: Ein Reim! Der Unterricht scheint sich zu entfalten. Ihr scheint mir sehr talentiert. Doch müsst ihr mir erklären, in welchen Zug ihr da steigen wollt. Geht es auf Reise?

TARKAN: Nehmen Sie ihre Brille ab, vielleicht sehen Sie dann. Sehen dann den hungrigen Löwen hinter Ihnen. Vielleicht überfährt der euch doch nicht. Na ja. Werden's sehen.

TUKAN:

HERR LEHRER: Du brauchst Pause. Zu rasch bist du für mich. Bring doch nächstes Mal bitte ein Licht, dass ich auch verstehe, was du vorhast, zuhause.

SANDA: Ich glaube, das macht es nun auch nicht mehr besser. Vielleicht müsste er nur einmal in den Vierteln spazieren.

TARKAN: Ich glaube, ich irre nicht. Ich höre wieder Töne, denen ich wohl nachkommen muss. Ein scharfes Es! Muss Land gewinn'. Savan und adieu!

Er geht mit erhobenem Kopf. Die Hände hinter dem Rücken.

SZENE 4: Kinderchor

Rathausplatz, Kinderchor singt, graues Wetter, dichter Nebel.

TARKAN *(begeistert)*: Von klein auf werden die Kinder nah an die Musik gebracht und dazu klingen ihre Töne auch noch so schön und sacht. Hat denn der Kinderchor noch keinen Gitarrenspieler? Drum bin ich froh, dass ich hab mit: Meine Edelgitarre von Heckermann und Sitt!

Die Audienz klatscht.

TUKAN: Bedank dich.

TARKAN: Wie reizend, ihr kommt doch sicher nicht drumherum, ohne Klimperklänge bleibt ihr fast stumm.

DER KLEINE FRED *(euphorisch)*: Machst du mit deiner Sache Kunst? Wenn ja, dann spiel doch gerne mit uns.

TARKAN: Liebend gern.

*Tarkan setzt sich auf einen Marmorsteinhocker
neben den Kinderchor.*

TARKAN: Aber verrat mir doch einmal, was spielen
wir?

FRED: Etwas von Montclair?

TARKAN: Nein.

FRED: Graus. Vergoren. *(Er hält sich die Hand vor
den Mund.)*

TARKAN: Wie wäre es mit einem Volkslied?

FRED: Bunt. Blühend.

KINDER *(singen)*:

> *Wo du meine Perlen bewachst,*
> *Zum Teufel in der Ferne lachst:*
> *Und die Weiber laut beklagen,*
> *O sie wagen,*
> *Treibt es auf die Felder hinaus,*
> *So bist du mein schöner Blumenstrauß,*
> *Und wenn die Weiber laut beklagen,*
> *So wird Zwipau es wagen!*
> *Leuchte auf, mein Stern,*
> *Ich seh dich so nah in der Fern';*
> *In Asche und Schutt begraben,*
> *Niemals könnten wir uns beklagen.*
> *Wo uns're Väter dich aufgebaut haben,*
> *Uns're Weiber verzierten die kräftigen*
> *Knaben,*

Wir sind patriotische Zwipauer Knaben!
Im Lande nur hier leben wir so erhaben:
O Zwipau lass uns wagen!

Audienz klatscht erneut, ein kalter Windzug stößt
mehrere Fensterläden zu, ein Windspiel flüstert
leicht.

KOBER *(dialektal)*: Dankeschön. Großartig. Toll
gemacht, liebe Kinder. Wir sind das stolze Zwipauer
Dröhnen. So dass uns findet auch jeder Blinder.

Ein Mann mit großem Hut und gelber Fliege findet
sich im Publikum. Sein Gesicht ist bedeckt. Sein
Mantel ist sauber.

KOBER *(den Kindern zugewandt)*: Nun geht zurück
in euer Heim. Auf Morgen machen wir uns einen
neuen Reim. Zur gleichen Zeit am selben Ort und
jeder bringt sein eigen' Wort.

Kinder gehen, Getümmel entsteht. Kober wendet
sich zu Tarkan.

KOBER: Ich weiß nicht, ob du mich hier noch
erkennst.
TARKAN *(verblüfft)*: Frau Oberchorleiter Kober.

KOBER *(in einem Atemzug)*: Korrekt, ich bin Oberchorleiter und deine Tagesmutter gewesen. Eifrig habe ich dich aufwachsen und musizieren sehen. Nun freue ich mich umso mehr, dich zu sehen. Du hast es wahrlich geschafft, hierher.

TARKAN *(auf den Händen balancierend)*: Schauen Sie nur, ich kann den Handstand. Zur Tat brauche ich heute nicht mal mehr eine stützende Wand.

KOBER: Ich hör', du bist noch ganz der Alte und redest förmlich wie aus der Spalte.

TARKAN *(schreit)*: Doppelspalt.

KOBER: Dein Tontalent ist außer Maße, das habe ich schon früh erkannt. Nur bin ich sicher, deine Sinne gehören aus der Stadt verbannt.

TARKAN: Ich verbanne mich ins Haus, denn Ideen schwirren leer im Kopf. Es war mir eine Ehre, Frau Kober.

KOBER: Vielen Dank für die Begleitung.

SZENE 5: Friseurladen „Geselle"

Friseurladen „Geselle". 11:57 Uhr, Montag, die Glocken läuten früh.

SANDA: Reichlich Wachs und Puder da, ich streich' es über jedes Haar und zahlen tut die

Kundschaft gut, denn schneiden tut der Sanda gut. Immer wieder eine Freude. Das Tratschen und Meckern der alten Leute. Da merkt man erst, welche Probleme es nun wirklich gibt.

Ein alter Mann bewegt sich auf die Türe zu, eine flüchtige Melodie kündigt sein Eintreten an.

ALTER MANN: Ich brauche einen Schnitt, und zwar einen schönen. An die neue, schlimme Gesellschaft muss sich ein Alter doch erstmal gewöhnen.

SANDA: Nehmen Sie Platz, sofort sind Sie dran. Ich schau' mir dann rasch ihre Angelegenheiten an.

ALTER MANN: Bursch' sag mir flott, wer bist du und warum bist du am Schneiden? Kann doch gut erkennen: Du wirst noch gebildet und schneidest noch nicht à la Coiffeur. Bist noch kein Bartscherer, wie der Don Quichotte.

SANDA *(lässig)*: Ihre Brille sitzt sehr gut, Sie haben richtig erkannt. Ich arbeite stets nur bis Vier und meistens entspannt. Bin seit Neuestem und immer nur montags hier.

ALTER MANN: Ein neuer Barbier? Mit neuer Manier? Das ähnelt dem Schandfleck, der sich aus dem Feld erhebt.

SANDA: Was.

ALTER MANN *(schmerzhaft)*: Das Bahnhof, oder wie es benannt wurd'. Die schönen Wiesen haben sie durchgraben und Beton aufgegossen auf den schönen Rasen. Gründungen, grau, Pfähle, grau, Baugruben, grau. Tiere sind gestorben! Den Siedlungstümpel haben sie zugeschüttet und am Ökosystem der Zwipauer Fische mit ihren Schüppen ganz fest gerüttelt. Die Angelstelle wurde abgerissen und mit Bänken und Lautsprecheranlagen vollgekleistert.

SANDA *(fraglich)*: Ist doch gut. Bringt Neues nach Zwipau.

ALTER MANN: Prestige hat dieses Kleinkleckersdorf schon lange nicht mehr. Hier kommt es nicht mehr voran. *(Er nimmt sich ein Buch.)* Etwas Altes, das ist doch fein.

SANDA: Züge, die kommen, werden da doch helfen.

ALTER MANN *(blättert in Büchners Woyzeck)*: Wär' ich doch nur so wie Marie. Tot. Müsste ich dieses Neue nicht mehr erleben. Auch das Essen wäre ein besseres.

SANDA: Den Kopf nach oben und halten Sie still. *(Er holt ein Rasiermesser heraus.)*

ALTER MANN: Der Wind ist doch schon lange verflogen.

SANDA: Wenn die Züge hier erst einmal fahren, dann steige ich ein und fahre kurz weg. Ein richtig echter Soldat eben. So werde ich sein. Meine Familie wäre doch stolz auf mich.

Der Alte zuckt zusammen. Eine Vase zersplittert.

ALTER MANN *(schreit)*: Ein Fragment!

SZENE 6: Notizen am Kirchturm

Tarkan geht durch die Stadt auf dem Weg nach Hause, hält am Kirchturm.

FRAUEN: O es passiert so viel.
WALTRAUD FALKENBRECHT: Mein armer Mann weint wie ein kleines Kind.
HILDEGARD BLEICHENBAUCH: Vielleicht ist es der strenge Nordwestwind.
SIEGLINDE GRAUWALDECKCHEN: Er soll gehen, so geschwind.

Tarkan holt sein Notizbuch heraus und schreibt nieder.

BLEICHENBAUCH: Wie wäre es mit einem Umschwung in der Wirtschaftspolitik? Mir dunkelt es, ich habe genug von diesem Ruprecht Nick.

GRAUWALDECKCHEN: Das wäre mal ein toller Trick.

TARKAN *(seufzt und schreibt.)*: Mhm. Gesellschaftskritik.

FALKENBRECHT: Nun schaut doch mal, ein Röhrenfernseher, wie schick.

TARKAN: Mhm. Braun'sche Röhre.

BLEICHENBAUCH: Guckt doch. Von der NASA werden diese Kreuzer zu weit entfernten Sternen geschickt.

TARKAN *(steckt das Notizbuch weg.)*: Genug.

GRAUWALDECKCHEN: Das Wetter wird die nächste Generation auch nicht gut.

LEHRER: Jetzt fallen vom Café „11 Wirtshaus" auch noch die Stühle das Dach herunter. Bei so einem Windzug wird wohl in Zwipau nichts mehr richtig munter.

Tarkan geht weiter die Straße entlang. Es dämmert.

SZENE 7: Vorstadtaussicht

Tarkan und Sanda treffen sich an der Mühle am Stadtrand.

TARKAN: Gesellschaftskritik? Ja, ich hab's. *(summt)*

    Gesellschaftskritik ist

    Meine liebste Physik.

    Strahlt aus den Ecken,

    Ein Befall von Zecken?

    Karamba, nochmal ein Loch,

    Leben nicht in Vergangenheit, doch

    Das wär's, und freundlich strebt

    Der Nachbarmann kein Wort in meinen Vers.

    Aus der Lust von der Brücke geschubst:

    Unten wurd' ich mit Tellern beworfen.

SANDA: Schnehsch Tarkan. Es geht wohl kein Weg an uns vorbei.

TARKAN: Du verfolgst meine Füße.

SANDA: Ach, ich bin hier so oft unterwegs in diesem Viertel.

TARKAN *(mit geschlossenen Äuglein)*: Oh, welch schönes Viertel. Ich mag die Viertel. Oft werde ich hier spazieren gegangen. Gehen spazieren, in den Vierteln so gern. Taube!

SANDA: Wie recht du doch hast. Ich mag die ganzen Bezirke mögen. Diese Stadt, sie birgt so viel Geheimes. Die Lücken zwischen den Häusern verbergen so viel. So viele Ideen, Sternschnuppen und Sterne schlummern noch unentdeckt, sie schreien nur so vor Hoffnung. Wer wohl als Nächstes groß hinaus? Wen trifft denn wohl der Zug nach oben?

TARKAN: Was wär' denn eine kleine Villa in Zwipau!

SANDA: Ein Träumchen. Das wär' doch was. Doch die Sterne, weißt du? Die Sterne schnappen sich jedes einzelne schicke Häuschen, da hast du garkein' Chance.

TARKAN: Die Sterne sind böse. Doch da ist doch noch was hinter! Da sind Meister hinter! Da ist Mais dahinter!

SANDA *(lacht)*: Ja, du hast ja Recht. Hunger habe ich auch.

TARKAN: Die Sterne sind böse. Doch wär' ich trotzdem gern ein Stern. Einmal so ein Leben erleben, wie ein Stern sein Leben lebt.

SANDA: Du magst die Viertel und ich die Pausen. Drum lass es uns doch so versuchen mit den Tönen. Vielleicht steigen wir rechtens ein und erwischen den Zug nach oben.

TARKAN: Nach oben mit uns. Wir werden geradeso unsere Köpfe heben, über die Brüstung blicken und durch den endlosen Weingarten an den Bächen vorbei auf unsere Anfänge zurückschauen können. An so einem Hang darfst du bloß nicht abstürzen.

SZENE 8: Pläne

Einsame Villa, abgelegen von Zwipau. Gemütliches Kaminzimmer. Samtsessel aus immigriertem Stoff. Meister am Telefon.

MEISTER: Aha. Gut. *(grübelt)* Ich habe etwas Großes für die Zukunft geplant. Doch red' bloß mit keinem darüber. Wie – *(erschrocken und sauer)* Du hast doch wohl nicht – In Ordnung! Aber weiter nichts sagen, hast du mich verstanden?! Ich dulde so ein Risiko nicht – Ja, natürlich. Ich sehe großes Talent. Ich sehe große Möglichkeiten. Wäre mir lieber, wenn man sie trennt und nur einen schickt in die großen Weiten. Ich werde schon wissen, mit dem Bengel umzugehen – *(Er nickt.)* Du musst los? Aha. Gut, dass ich Bescheid weiß. Wir sehen uns dann vor Ort – *(mürrisch)* An der Kirche. Ist doch klar. Danke für das Gespräch. Bis dann. Sei pünktlich.

DIENER: Ihr tägliches Therapeutikum, wie vor sechsundvierzig Sekunden befohlen. Der Besuch kommt dann um Drei.

MEISTER: Sagen Sie dem Herren ab. Ich bin verreist. Habe nun auch anderes zu werken.

DIENER: Mit allem Respekt. Ist doch ein Besuch bezüglich ihres großen Eintreffens in –

MEISTER: Zwipau. Genau. Noch ist aber ein wenig Zeit bis zum großen Eintreffen. Ich mache mich heute nach dem Mittag auf den Weg zu einem Termin.

DIENER: Ein Termin? Wichtiger als dieser?

MEISTER *(klatscht, lacht)*: Das geht dich gar nichts an!

SZENE 9: Blenden

Taktstraße, es drückt, überfüllte Mülltonnen stehen dem Konduktor gegenüber.

KONDUKTOR *(müde)*: Immer dasselbe. Immer das Warten.

TARKAN *(zu Sanda)*: Hättest du nicht gewusst, wo der Auftritt stattfindet, wäre ich hier nie reingelaufen. Wie sieht es hier aus?

SANDA *(flüstert)*: Ach, du weißt. Er ist ein alter, überarbeiteter Mann. Muss immer am Übergang stehen und aufpassen. Konnte seinen Traum nie leben.

TARKAN: Aus dem armen Zwipau schafft es sowieso niemand heraus. Aber wir machen ehrliche Musik. Warte nur ab. Wir werden die Ersten sein!

Der Konduktor streift den Bogen über die Saiten einer alten Geige und beginnt zu spielen.

SANDA: Hast du doch nie von Jacques gehört?
TARKAN: Was? Ist das auch so ein Mumpitz wie Montclair?
SANDA *(forsch)*: Nein. Jacques Saxton ist eine Legende. Ist einer von den ganz Großen geworden. Hat Zwipau verlassen und ist nie wieder umgekehrt.
TARKAN: Ein Märchen.

Die Töne klingen schief und zögerlich, fast schüchtern, der Konduktor hält inne.

KONDUKTOR: Saxton. Natürlich. Den kennt ihr.
TARKAN: Wenn's stimmt. Wenn er echt war.
FREMDER: Natürlich war er echt. Natürlich war er das. Gespielt hat er wie kein anderer. Hier genau an dieser Wand.

SANDA *(aufgeregt)*: Hier?

FREMDER: Ja, Sanda. Und wisst ihr was? Keiner hat zugehört. Alle sind nur vorbeigegangen. Ihre Blicke gesenkt. Sich an den Tönen erfreut, aber keine Emotionen gezeigt.

SANDA: Das kann ich mir nicht vorstellen.

TARKAN: Ein Märchen!

FREMDER: Als er bemerkt hat, dass Zwipau taub ist, ist er gegangen. Auf größere Bühnen.

SANDA: Wohin? Kann man ihn sehen?

TARKAN: Sanda.

KONDUKTOR: Erzähl weiter. Lass ihn.

TARKAN: Da oben! Ein Haltebogen. Schweben.

Ein Windstoß weht den Hut des Konduktors auf den Boden, der Fremde entfernt sich rasch.

TARKAN: Hat er's bereut?

KONDUKTOR: Wer weiß das schon?

Der Konduktor setzt sich seinen Hut wieder auf und lehnt sich an eine Wand, wartet.

SZENE 10: Paradiesvogel

Kammer, Tarkan schreibt ins Notenheft.

TARKAN *(verblüfft)*: Ist schön! Ein Traum!

TUKAN: Nun? So fertig du bist, so leer ist die Klaviatur. Nur Weiße. Und Schwarze. Und Lücken.

TARKAN: Still. Ich drücke schon. Schon einmal. Jetzt ist das Blatt gleich viel voller. Die Zeile nicht mehr leer und so viel toller. Schon zweimal. Jetzt: Wo sind meine Moneten? Schon dreimal. Erfreuen kann man sich am ganzen Stück. Und viermal. Eines Tages zahlt es sich aus. So schön zu fahren. Kind, Frau, Dollaren! Der Purpur! Oder Meeresblau! Wahnsinnsgage, doch für mich 'n Witz.

TUKAN: Glaubst du nicht, dass du eigen fährst? Du wirst nicht biegen können.

TARKAN: Ich will nicht weichen, wenn ich oben bin. Lass mich zieren. Ich werde gezogen.

TUKAN: Kannst du das Viertel streichen oder brauchst du einen Maler? Es soll schwerwiegend sein. Hörst du es?

TARKAN: Schönes Meisterwerk hab da vollbracht. Flüsse von Geld, es mir beschert. Ein Traum. Hör ich doch den Applaus. Ja. Frisch gestrichen strahlt es noch mehr. Dieser Freiraum ist doch unerlässlich. Zeig ich es mal Sanda!

SZENE 11: Träume

Altstadt von Zwipau.

TARKAN: Sanda, bereite mir nicht so einen Schrecken. Wo warst du die ganze Zeit? Du kannst dich nicht verstecken, hab schon gebucht, bist du bereit?

SANDA *(verschlafen)*: Sind doch Ferien. Musste noch träumen.

TARKAN: Deine Träume werden bald schon wahr, nur erst musst du mit mir arbeiten. Also musizieren. Ich hab ganz viele Ideen.

SANDA: Bei der Musik vertrau ich dir, schließlich bin ich nicht umsonst hier.

Ein junger Quetzal und ein Haubenzwergfischer fliegen vorbei.

TARKAN: Kein Echo in nahen Straßen. Träume atmen Regen. *(Vogelzwitschern)* So will ich sein. Nur so. Und groß wird man doch trotzdem. Auch wenn es ruhiger ist. Der Boden bröckelt nicht so viel.

SANDA: Ich bin zu müde zum Suchen. Wieso der erste?

TARKAN: Sanda. Der Boden. Sei still. Hör auf. Die untergraben uns.

SANDA: Was? Ich bewege mich nicht. Was passiert. Was. Ist was?

TARKAN: Der Boden ist schön. Schön. Niemand gräbt irgendwas. Es werden Blumen gepflanzt.

SANDA: Wenn du meinst.

TARKAN: Die Pflicht ruft.

SANDA: Wo ist denn die Tonstube? *(Er guckt sich um.)* Wohl nicht in diesem alten Ambiente.

TARKAN: Die Adresse stimmt. Wir probieren es mal hier aus.

SZENE 12: Tonstube

Alte, verlassene Tonstube. Dritter Stock. 14:52 Uhr. Tarkan hockt am Fenster, hält seine Strat'. Sanda blättert in einer Zeitschrift.

TARKAN *(überlegt laut)*: Warte. Hmm. Da eine Fermate. Hier ein 'kord. Sanda überleg dir ein Wort!

SANDA: Was. Wie? Sportwagen?

TARKAN: Das brauchst du nicht sagen. Was ich mache, ist wichtig. Denk nicht so kurzsichtig. Du musst auch anderes wagen. Hier ein Siebener? Und dann verkleinern.

SANDA *(aus dem Nichts)*: Das braucht einen Major!

TARKAN *(springt auf)*: Es spricht das Genie aus dir. Aus dir erklingt die Musik des All's. Lass mich noch aufzeichnen, hier einen Notenhals. *(Er überlegt.)* Das Ende erklingt dann so!

SANDA *(verblüfft)*: Ist das Stück schon fertig?!

TARKAN: Allerdings! Drei Minuten pure und schöne Musik, echte Musik, füllt die einsamen Herzen der Menschen –

SANDA: Und unsere Brieftasche!

TARKAN: Meinen ganzen Zaster für diese verfluchte Tonstube ausgegeben. Zeit, es wieder reinzuholen.

SANDA *(lacht)*: Selbst schuld! Wolltest doch deine heiligen Klänge!

TARKAN: Schweig! Du Dummbart kannst ja deine letzten Verbleibnisse opfern. Sonst wirst du mein Penner vor meiner Villa. *(Er lacht, steckt seinen Füller in das Etui.)*

SANDA: Selber Dummbart! Wird dich schlagen, mein Hauswart!

TARKAN: Die Welt wird's sehen, unser Soziolekt. Für alle, ganz zart. Es ist perfekt! Vorbei mit dem Spott.

SANDA: Ich freu' mich, als hätt' ich gewonnen den Jackpot! Kaufe mir ein Riesenambiente!

TARKAN *(träumt)*: Ich ein Auto, fahr' damit flott. Bis zu zweihundert Elemente!

SANDA: Einmal ausgehen mit allen Sternen –

TARKAN *(schnell, genervt)*: Und nach dem Essen als Sternschnuppe in den unendlichen Klippen Hollywoods verfallen? Nein. Lieber esse ich hier vergiftetes Essen. Hier kenne ich doch schon alle Adressen.

SANDA *(ruhig)*: Selbst der Herr Doktor wird den Sternen schneller Licht schenken, als es jeder Erdling je bekommen wird.

TARKAN: Sind nichts die Sterne, mir egal.

Stille. Sie packen zusammen und verlassen die Stube.

TARKAN: Zumindest sind wir fertig und können unsere Klänge präsentieren. Muss raus. Eine Stunde mehr werden die nicht kassieren!

Er guckt zum unbesetzten Tresen am anderen Ende des langen Flurs. Sie gehen.

SZENE 13: Vorbereitungen

Lehrer und Konduktor am Bahnhof, windig und grau das Wetter, vor ihnen Wiesenpanorama.

LEHRER: Guten Tag Herr Konduktor. Wie ist es Ihnen in den letzten Tagen ergangen?

KONDUKTOR: Herr Lehrer. Ferien für Sie. Das freut mich. Im Kontrast stehe ich, denn wirklich viel Zeit habe ich nicht.

LEHRER: Man sagt, Sie sind trotz der Ferien ziemlich im Stress. Gleich neben Ihrem Auftritt und allen anderen, die etwas von Ihnen verlangen. Sagen Sie mir doch bitte, wozu genau etwas so Großes veranstaltet wird. Wofür lohnt sich der teure Prozess?

KONDUKTOR: Natürlich. Innerhalb der nächsten Nächte trifft in Zwipau der Zug ein! Für so eine große Ehre muss alles perfekt sein. Die elitäre Abteilung hat sich viel überlegt und eine große Veranstaltung geplant. Vom Eintreffen des Tonnenrosses über den Empfang und alle werden zusammen gehen, die Viertel entlang. Bis man zum Konzert gelangt. Ich hätte beim Weitesten nicht damit gerechnet, dass Zwipau in der nächsten Zeit so hohen Besuch bekommen würde.

LEHRER: Welcher Zug? Es kommt doch nie einer.

KONDUKTOR: Noch bin ich mir da nicht sicher, ich hab ein Gefühl, das mich nicht verlassen will. Der Besuch wird immer möglicher, es braut sich etwas an, aber vorerst bleibt es still. Ganz still.

LEHRER: Herr Konduktor, was verheimlichen Sie?

KONDUKTOR: Ich schwöre auf mein teures Sax, ich weiß nicht, was passieren wird, so bin ich doch aber ein Genie, wenn es um das Eintreffen von Zügen geht!

LEHRER: Haben Sie sich am Hals verletzt? Es scheint mir ziemlich ernst zu sein.

KONDUKTOR: Keine Sorge, ist nur ein Fleck, der sich Tag für Tag in meine Haut ätzt. Vor einigen Tagen war er noch so klein.

LEHRER: Ich will nicht, dass dieser Fleck ihren Kopf so hetzt, aber schauen Sie doch kurz beim Doktor hinein.

KONDUKTOR: Viel zu tun.

LEHRER: So kommt was Großes nach Zwipau.

KONDUKTOR: Ich spüre es.

LEHRER: Ich bin gespannt, selbst wenn du dich nur mager freust. Was wenn dein Gefühl uns nur täuscht?

KONDUKTOR: Wir sind alle gespannt, wer einsteigen wird. Teuer wird er sein. Wie immer. Ich muss zur Probe. Auf bald. Herr Lehrer.

LEHRER: Ja. Konduktor.

SZENE 14: WUTBÜRGER

Parkbank vor dem Zwipauer Kulturpalast. Drei Männer philosophieren.

ERSTER MANN: So war Zwipau mal eine Stadt von Großkultur, doch hat es den Kulturpalast nun auch getroffen.

ZWEITER MANN: Ich weiß noch, wie ich meine Hochzeitsbilder hier schießen ließ.

ERSTER MANN: Bei jeder Oper meines Vaters spielte ich mit allen Kindern an der Mauer und wartete, bis alles vorbei war.

DRITTER MANN: Da erinn're ich mich doch gerne dran. Zu jener Zeit spielte noch der junge Jacques Saxton nach seinen glänzenden Auftritten mit uns. Bevor er zu bekannt wurde. Und Zwipau verließ.

ERSTER MANN: Da war er schon 19 und spielte noch mit uns kleinen Burschen.

ZWEITER MANN: Ich dachte, Saxton wäre nur eine Legende. Eine Geschichte, die man den Knaben erzählt, damit sie träumen können.

ERSTER MANN: Ach. Warst du beim Spielen nicht dabei? Wie hieß er gleich?

DRITTER MANN: Siebert. Jonatan Siebert. Eine so unbedeutende Familie, ein ruhiger Knabe und wird zur Weltgewalt.

ERSTER MANN: Richtig. Er war Urgestein, doch irgendwann zu groß für diese Stadt. *(Er blickt zum Himmel und träumt.)* Ja, so war das.

ZWEITER MANN: Was ist jetzt mit ihm?

ERSTER MANN: Niemand hat je wieder von Jonatan Siebert gehört. Ist ja klar, dass so eine Nachricht in einem kleinen Dorf nicht ankommt. Jacques Saxton war in aller Munde, aber nie wieder hat er sich blicken lassen. Wurde nie wieder gesehen. Und wiederkommen soll er auf keinen Fall. Wegbleiben soll er.

ZWEITER MANN: Warum?

ERSTER MANN: Er hätte Zwipau in schwierigen Zeiten unterstützen müssen. Mit seinen zig Talern. Aber er hat uns nur den Rücken gezeigt.

DRITTER MANN: Und jetzt ist nicht mehr Sternstunde des Kulturhauses. Der Bahnhof hat alles in den Schatten gestellt und die Hoffnung auf Prestige hat den Alltag bestimmt.

ERSTER MANN: Um Kultur dreht es sich schon lange nicht mehr. Die Räder drehen sich nur noch um Kohle.

ZWEITER MANN: Bewegt es sich auf Bahnen? Und wer bringt es in den Umlauf?

ERSTER MANN *(in einem Atemzug)*: Wahrscheinlich die da oben.

DRITTER MANN: Der Oberbürgermeister.

ZWEITER MANN: Ich hätte mich für mehr Grün eingesetzt. Ein paar mehr Parks gefertigt. Keine Rauchschwaden aus Dampfkesseln.

ERSTER MANN: Man munkelt, es kommt ein großer ganz bald.

ZWEITER: Auf sechzehn Triebrädern kommt die Gewalt.

DRITTER: Rumpelt am Horizont durch den Zwipauer Wald.

SZENE 15: Müll

Baufälliges Viertel. Ein Gewitter zieht auf.

KONDUKTOR: Sanda? Wieso treibst du dich in diesem Viertel herum? Alt und verlassen bist du noch nicht. Nicht zuhause bei dem Wetter? Viel Wind und viel Regen wird es geben.

SANDA: Mit Tarkan war ich musizieren. Im alten Haus an der Ecke. Bald können Sie sehen, wie das neue Musikstück in die große Welt und alle parallelen Universen schnellt.

KONDUKTOR: Du hast Musik gemacht. Wie reizend. So etwas höre ich gern. Als alter Freund gebe ich dir aber einen Lebenstipp. *(Er muntert ihn auf.)* Halte dich doch lieber von deiner Begleitung fern. Nur deine Ideen und keine Ablenkung mehr. So ist es einfacher, ruhiger und besser. Ja, sehr. Alleine teilt sich der Erfolg besser. Dann sehen alle Augen nur auf dich. Du wirst sehen.

SANDA: Aber ich mag ihn gern und er ist talentiert. Sie müssten unbedingt mal sehen, was er so fabriziert.

KONDUKTOR: Warum nicht. Du wirst sehen.

SANDA: Aber nein, Konduktor. Konduktor. Hörn Sie's? Unsere Sicht ist verdreckt! Was sieht man denn noch Schön's? Ich sehe den Dreck. Den Dreckes Dreck und dessen Dreck. Ich blicke in ein einziges Brillenglas voll Müll.

KONDUKTOR *(kopfschüttelnd und umgehend)*: Sieh doch: Du! Du wohnst doch gar nicht auf einer Müllhalde! Idiot! Töricht und trottelhaft, trottest du hierhin.

SANDA: Nein Konduktor, des Kindes Schlinge, grausam surrt es zu. Wir werden scheinlos und leise gebrochen, so traurig. Was nützt mein Werk? Meine Arbeit? Wir werden verdreckt. Gleichmäßig langsam, doch gewiss.

KONDUKTOR *(wütend)*: Überleg es dir, sind sie wirklich so schlecht? Frag mich nicht, ich habe meine Meinung gebildet, bist noch klein und ungebildet, frag nur dich!

SANDA *(nachdenklich)*: Vielleicht.

Ein Blitz schlägt ein. Ein Baum fängt Feuer.

KONDUKTOR: Zieh Leine!

SANDA: Abhauen muss ich!

KONDUKTOR: Bald viel Verkehr. Geh jetzt, ehe das Gewitter dich verzehrt. Nun schau, er komme.

SZENE 16: Rathausplatz

Rathausplatz, Tarkan hält seine Strat', links Verstärker, Sanda sitzt auf einem Marmorstein, vor ihm Trommeln.

SANDA *(prunkvoll, selbstbewusst)*: Meine Damen und Herren. Verehrte Zwipauer! Nun ist es so weit. *(Er springt auf.)* Ich, Sanda und mein Freund Tarkan haben ein paar Klänge für Sie bereit. Ein kleines, schönes Lied. Mal gucken, wo man uns dann noch so sieht!

Er setzt sich wieder hin, Tarkan zählt ein und fängt an zu spielen. Es ertönen Melodien einer Jahrgangsbande. Die Audienz klatscht begeistert.

FRAU: Bravo! Welch großartige Klänge! Das müssen die Besten sein.

SANDA *(verbeugt sich)*: Dankeschön, danke vielmals!

TARKAN *(lacht)*: Unser eigenes Lied! Selbst komponiert und selbst arrangiert.

SANDA: Wir haben uns schon immer auf den Erfolg fokussiert.

TARKAN: Und ist auch noch die Musik so schön. Bald ist meine Edelgitarre ganz golden. Und die ganzen Preise werden nur so folgen.

SANDA: Wahr. Und wenn Sie uns weiterverfolgen, würden wir uns freuen. Und Sie es sicher nicht bereuen.

FRAU *(ruft)*: Weltstars!

ÄLTERE FRAU: So wird Zwipau wieder ein Ort voll Kultur.

TARKAN *(leise, verlegen)*: Nein. Nein. Welt – Star. *(Er ist verschüchtert.)* Und Zwipau war schon immer ein Ort von Kultur, wie können Sie nur?

Die laute Audienz übertönt seine Gedanken. Ein Gedränge entsteht.

ÄLTERE FRAU *(tobt)*: Nimm meine Uhr! Es ist ganz deins!

FRAU: Das war das schönste Erlebnis in diesen Zeiten. Wiederholung!

SANDA *(stolz)*: Ja Dankeschön, bis bald!

Die Audienz löst sich langsam auf, eine kalte Brise fegt über den Platz. Ein Mann tritt näher. Sein Gesicht von einem Hut verdeckt. Er trägt eine gelbe Fliege.

MANN *(lacht)*: Großartig. Wunderbare Klänge, die ihr da spielt. Es hat etwas, was mir so ehrwürdig gefiel. Ihr seid wie vierblättriger Klee. Wer hatte denn die Idee?

SANDA *(lächelt, gibt dem Mann die Hand)*: Dankeschön, die Idee –

TARKAN: Hatte ich! *(Er lacht und gibt ihm ebenfalls die Hand.)* Was wollen Sie über die Musik wissen? Was hat Sie so mitgerissen? Am Anfang die Töne noch sacht, so kamen die Fermaten ganz recht, dann die Strat' angemacht und die Majors am Ende nicht schlecht.

MANN: Was sind die Majors?

TARKAN *(aufgeregt)*: Das sind –

MANN *(affektiert)*: Nun denn, egal, deine Erklärung wär' eine Qual. Interessiert bin ich, euch aufzuleuchten. So müsst ihr mir aber erst gehorchen.

SANDA: Selbstverständlich, Herr?

MANN: All, Ilfred G. All. Nenn mich einfach G. Nun denn. Ich freue mich, mit euch zu kooperieren.

SANDA: Kooperieren find ich überragend, ich werde so viel für uns beitragen! Das wäre doch gelacht.

TARKAN *(besonnen)*: Wir überlegen uns das nochmal! Immerhin hab ich das Lied gemacht, so kann auch ich entscheiden. Habe meine ganze Mühe und Spardose eingebracht.

ALL: Ich habe keine Zeit für Spiele, ich muss los! Doch den Applaus der Erde – *(Er stockt, blickt nach oben und horcht.)* habt ihr schon. Nun denn. Gute Arbeit.

SANDA: Und wie sollen wir?

All geht, verschwindet in der Menschenmenge.

SANDA *(deprimiert)*: Da waren sie, die Dollaren! Wir hatten sie. Doch du warst mal wieder unentschlossen!

TARKAN *(entschlossen)*: Ich hab mich dem nicht in die Arme geworfen. Aber ich weiß, der Auftritt war gut.

Beide packen ihre Instrumente ein und verlassen den Platz.

SZENE 17: Natur

Eine kleine Gasse, Sanda und Tarkan sitzen auf einem Treppenabsatz, ihre Instrumente liegen neben ihnen.

TARKAN: Geistesblitz. Vogelschwarm. Gewitter. Musik.

TARKAN: Sanda, hörst du's? Zwischen den Tönen, da ist doch was.

SANDA: Was meinst du?

TARKAN: Zwischen zwei Bergen ist ein Tal, durch das der Fluss herschwirrt. Und zwischen den Häusern sind die Gassen in den Vierteln, die uns verbergen, was sie uns versprechen. Zwischen den Schienen ist das Gleisbett, in dem die Steine ruhen und auf den Zug warten. Wie kommen wir über die Schienen, wenn alles rattert und vibriert?

SANDA: Als Vogel trifft es dich nicht?

TARKAN: Die Pausen. Sie reden. Sie sagen mehr als die Viertel. Aber nur, wenn man hört.

SANDA *(lächelnd)*: Dann hör'n wir.

TARKAN: Ich hoffe wir könnt'n sie verstehen.

Mehrere Vögel fliegen rasch über ihren Köpfen Richtung Norden. Lautes Vogelzwitschern.

SANDA: Weißt du noch, als wir das erste Mal gespielt haben? Da war nichts. Kein Plan, kein Ziel, kein Publikum. Nur Töne. Unser Anfang. Der Traum. Als die ganzen Ideen noch hoch im Schwarm schwirrten und wir die große Auswahl hatten, mit welchem Gedanken wir es zu starten wagen.

TARKAN: Als die ganzen Töne noch im Dreck lagen? Natürlich. Das weiß ich. Wir waren wie ein kleiner, zierlicher Bachlauf, der irgendwo vor sich hinplätscherte. Frei. Die einzige Einschränkung sind die matschigen Torfschichten, die uns umranden. Unsere Imagination und der Verstand. Da kannst du fließen, wie du willst. Und kommt dann auch kein Fisch vorbei, so brauchst du eben am Uferrand auch keine Fischerei. Jedoch. Baust du dir aber einen Kanal, so fährst du in eine Richtung. Keine Biege. Keine Freiheit und ein gelenkter Gedankenstrom.

SANDA: Der Konduktor sagt, so müsse es sein. Ein Ziel. Eine Melodie, die gefällt. Das reicht. Wieso solltest du abbiegen und dich in Gedanken verlieren? So können die Fische auch nur mit der Richtung mitgehen. Sich nicht unter Steinen verstecken oder im Schilf unter dem Seegras. Der

Fischer freut sich. Alle Fische kann er bekommen. Du möchtest doch pünktlich an dein Ziel gelangen. Und Fische magst du auch.

TARKAN: **Aber** ich frage mich: Wem gefällt diese Melodie? Und wie geht es dem Fisch? Freut er sich, dass er nun nicht mehr aussuchen kann, wo er hinschwimmt? Er lebt in seinem verzerrten Weltbild und kann nicht sehen, was hinter der Existenzmauer liegt. Ist dieser Weg erfreulich? Wer fragt nach dem Bachlauf? Nach seinen Bodenschichten und der Pflanzenwelt? Wieso lässt man ihn nicht frei nach seinem Willen durch die Landschaft fließen? Die glücklichsten Fische suchen sich diesen Bachlauf aus. Er ist hell und erleuchtet. Und die wärmenden Sonnenstrahlen zeigen durch das Schilf den Weg. Ist das so im Kanal? Ist das alles nicht nur der Mondschein? Er ist scheinbar erhellend, doch er lässt dich allein und gibt dich auf. Hast du noch nicht den Verstand verloren, so bietet dir eine empathische Sonne Hilfe an. Drum bauen wir dir in Zwipau eine Überdachung am Bahnhof, dann kannst du auf deinen Zug warten, solange du willst. Aber kein Bahnhofsdach schützt vor Regen, der von innen kommt.

SANDA: Wir könnten den Regen kontrollieren. Vielleicht bin ich dann der Einzige, der das kann. Und am Tag scheint der Mond doch nur ganz klein.

Da werde ich schon nicht geblendet sein. So ein Zug in Zwipau das gab's noch nie! Den Sternen gefällt diese Melodie und ganz bald am Ende werde ich so wie sie.

TARKAN: Den Sternen gefällt das? Denen, die dort oben leuchten? Sag mir, was machen sie, wenn es permanent und ununterbrochen Tag ist? Wer denkt dann an die Sterne? Sie sehen aus, als würden sie leuchten. Doch sie hören uns nicht. Und sie sehen uns nicht. Egal wie sehr wir es versuchen und im Innersten suchen, wir leuchten doch nicht. Selbst wenn die Sterne wollten, sie können nicht. Niemand kann das. Es ist besser, auszubrennen, als zu verblassen.

SANDA: Aber wir sehen sie. Und wir hören sie. Das ist doch alles, was zählt.

TARKAN: Aber vielleicht. Vielleicht ist das unser Fehler. Vielleicht sollten wir einfach nicht mehr hinsehen. Uns widersetzen und nicht hinhören. Widerstand ist der Absprung vom Ganzen und das Sammeln im Fragment. Es bleibt nur ein kleiner, vielleicht unbedeutender Teil über. Aber der überlebt. Wo willst du denn überhaupt hin?

SANDA: Nach ganz oben!

TARKAN: Wird man dich fragen, wo du aus dem Zug aussteigen willst?

SANDA: Nein.

TARKAN: Also weiß man schon, wo du hinmöchtest?

SANDA: Auch nicht.

TARKAN: Vielleicht sagst du einfach gar nicht erst, dass du einsteigen willst, so kannst du auch nicht durch die Tür geschubst werden.

SANDA: Einfach leise sein? Hilft, mal Pause machen.

TARKAN: Schweigen siehst Du? Die Pausen. Siehst Du? Wir brauchen Ruhe. Zwischen den Sternen, da ist Platz. Da ist es frei. Da fehlt eine Villa. Und dort, da könnten wir sein.

SZENE 18: MARKTVIERTEL

Getümmel, Händlerstimmen, klimpernde Münzen, hupende Lieferwagen, es riecht nach abgestandenen Parfümwolken.

ERSTER HÄNDLER *(schreit)*: Melodien. Frisch aus dem Ohr. Nur einmal gehört und nie wieder vergessen. Diesmal drei Akkorde zum Preis von zwei.

TARKAN: Ich mag dieses Viertel nicht. Es riecht nach verrottetem Metall und Rost.

SANDA: Die dampfenden Essensstände verkleben mir die Sicht.

ZWEITER HÄNDLER *(schreit lauter)*: Niemand braucht Akkorde. Die Welt braucht Glaubwürdigkeit und Echtheit. Das gibt es bei mir! Im praktischen Taschenbuch-Format. Textzeilen und Balladen, direkt von echten Straßenmusikern abgekauft. Lokales aus der Gegend. *(Er wirft mit kleinen Flugblättern um sich.)*

TARKAN: Das ist Wahnsinn. Hier werden Emotionen verkauft. Jeder Stand hat eine strenge Fassade. Nichts ist wahr. Nichts ist real.

DRITTER HÄNDLER: Halt, halt. Schaut bei mir vorbei. Klänge aus der Dose.

VIERTER HÄNDLER: Maßgeschneiderte Ohrwürmer. Sind auf spezielle Geschmäcker abgestimmt. Geht ganz fix.

FÜNFTER HÄNDLER: Und bei mir: Verschleppte Sequenzen. Von wahren Künstlern inspiriert und für den großen Markt optimiert. Klingt fast genauso, kostet nur die Hälfte. Kauft!

TARKAN: Das kann nicht sein. Wie vom Nachbarn abgeschrieben. Wo bleibt denn die Originalität?

FÜNFTER: Originalität? Die gibt's da drüben beim Antiquariat.

Eine abgelegene Ecke, darin ein verkümmerter, kleiner Schokoladenstand. Daneben ein anderer Stand: Ein großes Metallkonstrukt, blinkende Tafeln, die Aufschrift: „Schokoladenfabrik".

TARKAN: Jetzt finden wir doch noch etwas Vernünftiges. Wer hätte das gedacht.

SANDA: Das schadet nie. Auch wenn es hier nicht sehr einladend aussieht. Bestimmt nicht gut besucht, der Kleine.

TARKAN: Ich will ihn mir trotzdem angucken, bevor wir von den hellen Lichtern des Großen erblinden. *(Er bewegt sich auf den kleinen Stand zu und lehnt sich an die morsche Ausgabe.)* Guten Tag, Ihr Stand ist mir sehr aufgefallen. Er sticht heraus.

SCHOKOLADENVERKÄUFER: Es freut mich. Bin hier oft allein. Ist Familiengeschichte und alles ein großes Erbe. Der Stand bedeutet mir viel, obgleich er wohl bald kracht. Meine Ware hat nur feinste Qualität und man schmeckt die Liebe, während ich nicht wirklich viel dafür werbe.

TARKAN: Drum frage ich: Haben Sie hier klassische Vanille-Milchschokolade? Ich würde hier gerne kaufen.

SCHOKOLADENVERKÄUFER: Wie es mich freut. Ja. Sehr gerne. Selbstgemacht nach alter Rezeptur.

TARKAN: Wunderbar. Ich nehme dann gerne zwei.

SCHOKOLADENVERKÄUFER *(wühlt in einer alten Kiste)*: Hier bitte, es freut mich sehr. Nimm doch die zweite gratis.

SANDA *(schaut zur „Schokoladenfabrik")*: Tarkan, sieh mal. Tafeln mit spezieller Füllung. Und Streuseln, wie aus dem Einhornwunderland. So viel Auswahl. Wo fange ich an?

TARKAN: Möchtest du denn immer mehr, als du schon hast? Wieso weggehen? Hier ist es doch deutlich besser.

SCHOKOLADENVERKÄUFER: Nein, besser ist der Nebenmann. Mehr Sortiment. Günstige Preise. Und das alles auf irrsinnige Weise.

TARKAN: Wieso wehren Sie sich nicht? Wo ist der Protest?

SCHOKOLADENVERKÄUFER: Ich hoffe, jemand hört ihn. Ganz leise.

SZENE 19: Ruhm

Straße, später Abend, Sanda und Tarkan sind in einem Laden voll Antiquitäten. Dunkles, oranges Licht, es spielt gemütliche Jazzmusik. Tarkan setzt sich eine Melone auf.

TARKAN *(fraglich)*: Denkst du, das würde passen? Wär' ein Witz, wenn nicht!

SANDA: Ganz bestimmt würde dir so ein Hut gut stehen. Unter dieser bizarren Fasson wirst du förmlich aufgehen!

TARKAN: Aber die Dunstkiepe besteht aus pinken Diamanten! So teuer, da reicht nichts! Nicht einmal wenn uns alles geben, die reichen Passanten.

SANDA *(lacht)*: Ist doch schon sehr lang, nachdem wir uns der Welt gezeigt haben. Eben ist sie noch blind. Musst wohl weiter günstig kaufen.

TARKAN *(schwungvoll)*: Ja mal nicht so voreilig, es ist kein Sprint. Wenigstens glaube ich an dich und mich. Und behalten werde ich die Kappe auch. Ich zeig's dir! Vertraust du uns nicht? Etwas Schickes auf dem Kopf ist eben das, was ich brauch.

Tarkan findet neben einem alten Plattenspieler mehrere verworrene Kabel. Er nimmt den Kabelknoten in die Hand.

TARKAN *(nachdenklich)*: Das liegt an einem schrecklichen Ort. Mein Elektronenhirn zuhause ist kaputt. Wie oft wurde unser Stück bereits gehört? Ich hab die Zahlen schon lang nicht mehr gesehen.

SANDA: Ehrlich? Lass uns später mal nachschauen! Wir messen bestimmt schon maßlosen Erfolg und sind überall bekannt!

TARKAN: Du träumst.

Eine Gruppe Jugendlicher guckt sie auffällig an. Sie flüstern aufgeregt.

SANDA: Vielleicht passt dir der Hut doch nicht so gut.

TARKAN *(selbstsicher)*: Ah, das ist mir egal. Mir gefällt er. Vielleicht ist es eben nichts für sie. Wir sollten trotzdem gehen, der Magen drückt. *(Er geht zum Tresen.)*

VERKÄUFER *(verwundert)*: Täusche ich mich, oder wollt ihr kaufen?

SANDA: Tarkan hat sich in den Hut verliebt.

VERKÄUFER: Ich finde ihn ganz nett.

SANDA: Er sieht sich schon als so adrett.

TARKAN: Er gefällt mir einfach sehr.

VERKÄUFER: Ich muss es wagen und euch einfach fragen: Wieso kauft ihr hier? Was treibt euch noch hierher?

TARKAN: Wieso? Ist es spät? Kurz vor Arbeitsruhe?

VERKÄUFER: Gewiss nicht. Es ist früh. Der Anfang!

TARKAN *(leise, zu Sanda)*: Was ist das?

Sie verlassen den Laden. Auf der Straße wartet eine Menschenmenge. Schilder werden hochgehalten, Fotografen streiten sich um ihre Plätze.

MENGE *(laut)*: Da sind sie! Sanda. Tarkan. Tarkan. Sanda!

REPORTER *(zu der Menge)*: So sehen Sie hier nun die zwei Hauptakteure! Zwipaus neue Hauptfiguren. Aus den hintersten Gassen dieser Welt erstrahlen die Lichtfiguren Sanda und Tarkan, die jetzt den Globus übernehmen! Zwipau lebt dank Sanda und Tarkan!

MENGE: Zwipau lebt dank Sanda und Tarkan!

Sanda und Tarkan versuchen, sich durch die Menge zu schlagen. Die Menschen dreschen sich, um näher an ihnen sein zu können.

TARKAN *(zu einem Passanten)*: Wie viele? Wo stehen wir?

MÄDCHEN *(weint)*: Tarkan!

Es hat sich ein Durchgang gebildet. Sanda und Tarkan kriechen voran, dicht umhüllt von der Menge.

TARKAN *(schreit)*: Hallo? Sagt es mir jemand!

SANDA *(lacht)*: Ich glaub, die Lautstärke übertönt dich. Genieß es doch einfach!

TARKAN *(wütend)*: Bitte was!? *(Er springt herum.)* Hallo, kann mir jemand mal was sagen?

REPORTER: Es sind jetzt schon weit über eine Milliarde. Bekannt in zweiundvierzig Ländern! Trinidad und Tobago. Aruba und sogar in den Staaten. Ein Hoch auf Tarkan und Sanda!

Tarkan bleibt mit offenem Mund stehen, ein leerer Blick nach unten. Sanda macht Fotos mit der Menge.

TARKAN *(schreit)*: Komm, Sanda. Sanda!

SANDA *(friedlich)*: Das wolltest du doch, weißt du noch? Ich sage dir: Deine Kunst ist beliebt, unsere Kunst wird geliebt. Geh raus, zeig dein Gesicht, mach dich stolz, denn was du jetzt erlangst, ist kein trockenes Holz. Wir gehen jetzt raus und machen den Marsch auf der Lichterstraße in der Nacht!

Sanda und Tarkan gehen die Straße entlang, diese ist von Kamerablitzen hell erleuchtet.

Zweiter Akt

SZENE 20: Weiche Gedanken

Der Mauerrest der Franz-Marienkirche auf dem Berg der Bannerträger. Glockenturm, tief Nacht.

KONDUKTOR: Es erfreut mich zutiefst, dass Sie erneut die Zeit gefunden haben. Danke. Seit dem letzten Mal ist wieder viel passiert.

MEISTER: Ich weiß. Bin ich nicht ein Ass?

KONDUKTOR: Das ist doch allgemein bekannt. Dennoch, was ist denn nur der nächste Schritt? Wozu haben Sie mich hierher entsandt?

MEISTER *(träumt)*: Ist für das große Eintreffen alles bereit? Die Vorbereitungen müssen sich in der letzten Phase befinden. Ist gewiss nicht mehr viel Zeit. *(Er legt den Arm um den Konduktor.)*

KONDUKTOR *(nervös)*: Natürlich, wie gewünscht. Gibt es noch weitere Wünsche?

MEISTER: Diese Kirche war einmal die größte im Land. *(Er zeigt auf eine zerfallene Papststatue im Vorhof.)* So groß, dass sogar er hier sie ganz schön fand. Dieser Pius war der Fünfte und früher schon ganz besessen. Mit Machtreligion kann man gewinnen und so sein ganzes Reich vermessen. Die

Mauern sind deswegen noch so schick verziert, mit Gold gestrickt und fest. Da kamen nachts gleich Dutzend Wölfe und klauten aus Gier den Rest. Das Bild der Jünger wollten sie nicht. Verdreckt war ihre Sicht.

KONDUKTOR: Also Gott bewahre den guten Pius.

MEISTER *(lacht)*: Das Geld passt auf und sichert gut. Das Bild der Jünger sticht heraus. Alle, sie arbeiten für ihren großen Rabbuni und den guten Zweck. *(Er zeigt auf einen Jünger.)* Einer der Männer ragt doch deutlich über die anderen hinaus. Und am Hals hat er einen groben Fleck. Der Bartholomäus hat stets und aufrecht die gute Botschaft an alle Welt weitergegeben. Neue Jünger gesucht und brachte später für große Treue einen festen Segen. Der Bartholomäus selbst hat Auskunft geleitet und traf sich mit dem hohen Pius bei Nacht. Im Schutz des Schattens wurde geplant, die Hugenotten zu übertönen und zu verstimmen, bis alles war vollbracht. Das alles war so ungeahnt. Und hast du es wohl bemerkt? Wir laufen hier komisch. Ganz instinktiv, denn der Boden des Bruchwerks ist heute radikal schief.

Ein Windzug bewegt die schwere Glocke, sie läutet nicht. Fledermäuse fliegen.

KONDUKTOR   *(zögerlich)*:   Eine   schöne
Geschichte, Herr Meister. Doch wie geht es jetzt
weiter?

MEISTER   *(höhnisch)*:   Ist   bei   meiner   großen
Ankunft auch Musik geplant? Ich höre doch die
Partituren des Jacques Saxton so gern. Man munkelt,
doch er habe Talent. Meint, er habe die Sterne am
Himmel   zum   Strahlen   gebracht.   Eine   wahre
Musikgröße eben. Und hoffentlich wird es ein
weiterer bei meinem Eintreffen.

KONDUKTOR *(verlegen)*: Aber Herr Meister. Das
können Sie doch so nicht sagen. Es ist alles
vorbereitet. Zwipau ist geladen.

SZENE 21: Schallwellen

*Der Bahnübergang bei Nacht. Das Rattern eines
Zuges in der Ferne.*

KONDUKTOR   *(verwundert)*:   Sanda?   Was
machst'? Ist dir schon der Schall verklungen? Oder
bist du schon nach oben gedrungen?

SANDA *(betrübt)*: Ich habe es nicht gefunden, und
was wir gebaut haben, ist nicht gelungen. Und wenn
ich durch die Gassen wander', hör' ich nur

Gelächter. Ich sehe keine Anerkennung. Nur Vermögen. Ist nur ein Albtraum. Ein echter.

KONDUKTOR: Ihr habt euch ein teures und schweres Ruder gebaut. Und wenn ihr zu lange wartet, wird es euch letztlich auch noch geklaut. Du wolltest doch immer ein Großer sein. Schaut wo ihr hinwollt. Und pass du auf, dass du nicht zum Wasserfall hingezogen wirst.

SANDA: Und wenn das Boot gegen die Strömung rollt? Der Richtungswechsel ist so ungewollt und auch die Ufer sind geerdet. Also bitte: Wohin? Nach dem Durchbruch bin ich mit dem Erfolg nicht so glücklich, wie ich dachte. Mir fehlt etwas.

KONDUKTOR: Fachkenntnisse und Experten? Du weißt doch, große Gestalten werfen große Schatten. Du brauchst andere Freunde, die sich mit dem dir Unbekannten auskennen. *(Er lehnt sich zu Sanda.)*

SANDA *(verloren)*: Manchmal frage ich mich, ob ich wirklich ich bin, wenn ich spiele. Vielleicht gehört die Musik gar nicht mir. Vielleicht gehört sie allen, die zuhören.

KONDUKTOR: Wenn sie dir die Musik wegnehmen, bleibt dir nur das Geräusch. Und Geräusche, Sanda, die klingen nicht.

SZENE 22: Verflucht

Bank im Park der Kultur und der Gesellschaft.
Tarkan allein, er pflückt sich eine Mohnblume.

TARKAN: Guten Tag, Mohn. Wie schön!

TUKAN: So, Tarkan, du glaubst also, dass du weißt, was wahr ist?

TARKAN: Ich glaube nichts. Ich sehe es. Die Meister. Ihre Lichter. Alles nur Blendwerk.

TUKAN: Und was wirst du tun, großer Denker? Den Zug anhalten? Den Himmel abdunkeln? Ein Buch schreiben? Lichter lügen nicht.

TARKAN: Nein, der Zug ist mir egal. Ich werde die Töne finden, die sie nicht hören. Die, die in den Pausen leben.

TUKAN: Das klingt verrückt.

TARKAN: Lieber verrückt als blind.

TUKAN: Jetzt mach doch!

TARKAN: Was meinst du?

TUKAN: Ein Traum ist wahr geworden, schon vergessen? Wo ist denn dein Prachtessen? Wo ist deine Villa? Jetzt kommt der Augenblick, in dem sich alles auszahlt.

TARKAN *(seufzt)*: Das kann ich nicht machen.

TUKAN: Du bist dir nicht sicher.

TARKAN *(legt sich die Blume flach auf die Hand)*: Vielleicht wird aus dir ein Bonsai, wenn ich daran glaube. Vielleicht wirst du dann mein Bonsai.

TUKAN: Gefällt dir also der Mohn oder der Bonsai?

TARKAN: Ich gefalle mir, wenn ich den Bonsai beim Wachsen zusehe.

TUKAN: Du bist dir sicher.

TARKAN: Als ich mit Sanda das erste Mal neben den Kameras gelaufen bin, war das ganz recht die Treppe zu den Sternen. *(Er starrt die Blume beängstigt an.)* Jemand hat den Anfang der Treppe abgeschnitten. Ich kann meiner eigenen Flucht nicht entfliehen. Doch immer noch stehe ich zwischen zwei Welten. Höher klettere ich nicht. Tiefer falle ich nicht. Tiefer falle ich nicht! *(Er wirft die Mohnblume weg.)*

TUKAN:

TARKAN *(schreit)*: Hallo?

TUKAN:

TARKAN: Für jede erworbene Sache mit schmutzigem Geld, kletter' ich eine Stufe höher.

SZENE 23: Agenda

Rathausplatz. Sanda und Tarkan sitzen an einer Mauer. Sanda trägt eine Uhr aus Bronze.

TARKAN: Sanda, hörst du das?

SANDA: Was?

TARKAN *(lächelt)*: Gar nichts. Kein Zug, keine Sterne, keine Stimmen. Nur Stille.

SANDA: Die schönste Musik.

TARKAN: Vielleicht sollten wir hierbleiben. Hier, zwischen den Vierteln, zwischen den Pausen. Hier gehört die Musik uns.

SANDA: Klar.

TARKAN: Wo findest du sonst Inspiration?

SANDA: Hier geht sie auch irgendwann aus.

TARKAN: Das können wir ändern. Nach unserem Belieben.

SANDA: Nicht immer so auf Teufel komm raus.

TARKAN: Wer wird denn hier gezwungen?

SANDA: Nicht alle? *(Er blickt auf den Boden.)*

Eine kurze Stille, im Hintergrund fährt ein kleines Kind Fahrrad.

TARKAN *(schaut auf die Bronze-Uhr)*: Was hast du da?

SANDA: Ah. Von meinem Großvater.

TARKAN *(skeptisch)*: Was?

SANDA: Du hast mich verstanden.

TARKAN: War doch ein armer Mann, dein Großvater.

SANDA: Tarkan.

Das Mauerwerk ächzt, ein kleines Wandelement bröckelt.

SANDA: Vom Krieg. Ich will die Schäden reparieren, sodass die ganze Hoffnung auf mir liegt. Ich kann sie nicht verlieren, egal wie viel es wiegt.

Konduktor und Lehrer stoßen dazu.

LEHRER: Es gibt Neuigkeiten! Leute. Was denkt ihr? Warum bin ich hier?

TARKAN *(aufgeschlossen)*: Erzählen Sie es uns.

KONDUKTOR: Zum prestigeträchtigsten Preisabend der Welt wurdet ihr eingeladen! Man würde sich freuen, wenn ihr der Einladung nachgeht und erscheint.

SANDA: Großartig! Eine angemessene Aufmunterung in leblosen Zeiten.

TARKAN: Wir sind einer Meinung.

LEHRER: Die Anreise ist bereits geplant.

KONDUKTOR: Neben euch werden auch alle Weltberühmtheiten und Stars sitzen. Ein solcher Austausch ist doch eine wahre Bereicherung!
TARKAN: Haben wir einen Einzelplatz?
KONDUKTOR: Wirst du sehen.

SZENE 24: Roter Samt

Preisabend. Großer Saal. Tarkan und Sanda auf einem roten Teppich. Sie sind kurz davor, fotografiert zu werden. Rechts stehen Kameras.

TARKAN *(verträumt, guckt nach unten)*: Seide, und noch so schön rot. Wär's Rot nicht die Farbe des nächsten Stücks, Sanda?
SANDA *(mit großen Augen)*: Ein paradiesisches Angenehm! So ein Märchen ist wohl angesehen. Wo wart' nun meine Befragung? Wo soll ich geh'n?

Duke Alaric Montclair kommt zu Sanda. Er trägt helle Kleidung, eine gelbe Fliege. Alle Kameras richten sich sofort auf ihn.

DUKE ALARIC MONTCLAIR: So schön und ruhig gibst du dich, es fast mei'm Weib den Atem stiehlt. Und doch dein Gewand kein Blass, kein Schimmel und schön, du bist im Sternenhimmel.

SANDA *(erstaunt)*: Eh. He. Sie Spielen so schön und so sehr, Herr Montclair!

MONTCLAIR *(lacht)*: Du verstehst kein bisschen, doch bist neu! Meine Klänge nur ein Zischen, doch den Dollaren. Den Dollaren Treu!

Tarkan tritt näher, uninteressiert, die Hände in den Hosentaschen.

TARKAN *(nachdenklich)*: Der Ton hätte doch noch höher sein können. Ein Major wär' auch passend. Dein Bass war zu dröhnend, aber schön' Platte!

MONTCLAIR *(verwundert)*: Wer ist der Major?

TARKAN: Deine letzte Platte, hätte mehr gepasst.

MONTCLAIR *(furios)*: Wer bist du, dass du richten darfst und dich auch noch nicht niederwarfst. So ver-

SANDA *(rasch, nervös)*: Nein! Nein. Pause. Sie müssen sich beruhigen. Und du Tarkan, du Herrn Montclair nicht so kreuzigen. Allerhöchster Respekt, ich bete um Verzeihung. Mein verwirrter Partner Sie verwechselt ist, ist unsere erst' Verleihung.

MONTCLAIR *(empört, zu Tarkan)*: So redet sich mit mir und anderen Sternen nicht! Hast du denn gar keine Einsicht? So führt es dich nie zu Ruhm. Wirst

stehen bleiben auf der Stelle. Niemals rühren. *(Er wendet sich zu Sanda.)* Du vielleicht, doch bist zu jung!

Montclair erblickt mehrere Männer mit gelben Fliegen auf einer Empore, die ein großes Stück Stoff tragen.

SANDA: Aber wollen Sie nicht –
REPORTER *(kraftvoll)*: Darf ich? *(Er drängelt sich.)*
MONTCLAIR: Ich habe keine Fragestunde vereinbart, du bist genauso dreist. Mach dich weg! Mir auch egal, wie du heißt.
REPORTER: Ist alles geplant und unterzeichnet. Wir wären ganz verbunden, wenn ohne Stress und Widerrede, du uns nur kurz dein Stimmchen leihst. *(Er greift Montclair am Arm.)*
MONTCLAIR: Kann nicht sein, kann mich nicht erinnern. Kann das denn sein? *(Er blickt skeptisch, überlegt.)* Termine macht der Diener meist.
REPORTER: Hier entlang.
TARKAN: Ein Journalist ohne Notizbuch? Unangekündigt ist das ein absurder Besuch. Welch Wichtigkeit dahinter steckt.
REPORTER: Vergess' mein Heft nur äußerst selten, heut' war's einfach aus dem Affekt. *(Er geht und nimmt Montclair mit.)*

SANDA *(hetzt)*: Warten Sie!

Duke Alaric Montclair verschwindet.

SANDA *(zornig)*: Warum hast du mit dem großen Star Montclair nur s o geredet? Warum hast du dich so aufgetan? Begreifst du denn nicht, wie wichtig es war? Das war unsere Chance, unsere Träume werden wahr!

TARKAN: Der Möchtegern Klangmeister Montclair versteht Klänge so gut, wie ein rostiges Gleis den donnernden Rhythmus eines Zuges. Er hat so wenig Ahnung wie Konduktor vom richtigen Ziel. Er bewegt sich nur im Schein, ein Turm so hoch und instabil.

SANDA: Er ist der Reichste. Der Größte. Der Beste.

Die beiden bewegen sich zur Bühne. Hinten im Saal wird ein großes Banner aufgehängt.

SZENE 25: Preise

Großer Saal, Tarkan setzt sich in die erste Reihe. Auf dem Platz liegt ein Zettel, auf dem sein Name steht. Vor ihm bilden sich sofort Kameramassen.

TARKAN *(blickt nach unten)*: He. Wieder sind meine Schuhe nicht sauber. Ein Fleck auf der Innenseite. Da hatte ich ihn doch fast nicht bemerkt. Und da dann gleich der Zweite! Muss nun putzen.

SANDA *(stolz)*: Grüße! Danke, hallo! Gleich startet der große Bühnenzauber! *(Er setzt sich neben Tarkan, der nun in seinem Notenheft blättert.)* Jetzt hör doch auf, in den Block zu schreiben und sieh dir an, was die Stars auf der Bühne treiben! So große Gesichter und überall strahlende Lichter. So werden wir sein.

Im Saal wird es leise. Rampenlichter bestrahlen Ilfred G. All mittig auf der Bühne, er hält ein goldenes Rad mit einer Krone darauf und spricht in ein Mikrofon.

ILFRED ALL *(schwitzt)*: So etwas wie heute erlebt man nur ganz selten. Die Schallplatte des Jahres kommt aus bisher unentdeckten Welten! Ihr Klang erweckte Gefühle, die tief verborgen schliefen. Ein Lied, das selbst die Sterne in ihrer Bahn betrübte. Nicht Worte allein. Nein. Herz und Geist im Takt. Ein Werk, welches mehr als nur die Seele packt. Tarkan und Sanda sind die Gewinner!

SANDA *(bleibt eine Weile sitzen, blickt dann nach vorne)*: Geschafft. Wir sind es!

TARKAN *(ruhig)*: Jawohl ja. Eine kleine Freude mir nicht schadet. Sind wir jetzt schon begnadet? *(Er begibt sich auf die Bühne, Sanda folgt ihm.)*

ILFRED ALL: Ihr zwei! Ihr seid Helden. Auf dieses Rad werden noch so viele weitere folgen. Die nächsten dann mit Felgen! Die ganze Welt erstrahlt und ist gespannt! Sie hoffen und werden alles mögen. Die Qualität ist irrelevant. Ihr müsst euch nur bei ihnen melden.

TARKAN: Tolle Rede, Herr All. Ich danke Ihnen. Sehr elegant. *(Er dreht sich zu Sanda.)* Ich hol mir das beschmierte Rund. Dann würd' ich wieder sitzen. *(Er macht einen Schritt zur Treppe.)*

SANDA *(hält ihn zurück)*: Nein. Warte.

TARKAN *(verwundert)*: Was? Aus welchem Grund?

SANDA: Wir sind die Sieger.

TARKAN: Na und.

SANDA *(fast ehrfürchtig)*: Das ist der Traum!

ILFRED ALL *(drängend)*: Ein Vogel fliegt nicht ohne Gefieder! Es folgt der Dank! Mit eurer Stimme erfüllt diesen Raum! *(Er zeigt in die Menge.)* Spricht ein kurzes Wort, hier und da, ungeniert und schön und herrlich ungefähr.

Kurze Stille. Sanda tritt hervor, atmet tief durch und spricht ins Mikrofon.

SANDA: Es ist mir eine Ehre, hier zu stehen, ich danke. *(Er erblickt ein riesiges Banner hinten im Saal. Auf diesem ist Duke Alaric Montclair mit mehreren Preisen abgebildet.)* Mein besonderer Dank gilt dem überaus talentierten und großzügigen Duke Alaric Montclair, der mich jahrelang inspiriert hat und mir das Träumen vom Großen erst ermöglichte. Außerdem danke ich allen anderen. Danke an alle Anhänger. Tschüss. *(Ab.)*

Tarkan bleibt einen Moment stehen, sieht ihm nach, lässt das Rad stehen und geht ebenfalls von der Bühne.

SZENE 26: Sternschnuppen

Franz-Marienkirche, tief Nacht, dunkler Himmel.

KONDUKTOR *(blickt zu den Sternen)*: Unsere Zukunft ist ein Sternenmeer. Aufstrebend, erwartungsvoll und voller Energie, doch brennen werden sie so nie. Sie fallen vom Himmel, stürzen, vergehen, verrotten am Boden. Und der Zugwind fegt sie fort. Es ist so kalt. Es ist so unselig.

MEISTER *(spitz)*: Du denkst zu viel nach. Du genießt das Leben nicht. Kondi, sei doch bitte ein wenig lockerer für den Meister, ja? Öffne dich. Strahle. Sei wie ein Stern. Die Sterne wollen doch leuchten. Die Sterne wollen das tun, was sie tun. Die Sterne wollen ihre Leben mögen. Die Sterne wollen das Leben lieben. Sonst hätte der Zug sie nicht erschaffen.

KONDUKTOR *(abrupt, drängend)*: Herr Meister, ich bitte Sie. Ich flehe Sie an. Das ist eine Weiche, die ins Nichts führt. Der Zug fährt ohne Ziel und ohne Plan. Selbst ein Konduktor kann ihn nicht lenken. Wer? Wer trägt die Verantwortung? Wer ist nach dem Absturz für die Schnuppen da? Wer hält die Weichen in der Hand? Wer ist der Lokführer?

MEISTER *(hämisch)*: Du bist erbärmlich. Wir alle sind es. Und wir alle wissen es. Keiner gibt es zu.

Ein leiser Windhauch, ein entferntes Echo. Der Konduktor presst die Lippen zusammen. Das Grinsen des Meisters spiegelt sich in den Sternen.

KONDUKTOR *(melancholisch)*: Ein Funke. Entfacht. Genährt vom Glanz. Im Orionnebel fühlt er sich ganz. Doch wenn der Wind weht, erstickt er.

MEISTER *(lacht)*: O, aber manche Funken überleben. Manche steigen auf! Sie glänzen heller als alle anderen. Sie werden in Fackeln getragen.

KONDUKTOR *(schüttelt den Kopf)*: Sie glauben, sie steigen. Sie glauben, sie glänzen. Doch sie sind nur Lichter im Getriebe, geschliffen und geformt, bis sie genau in das große Räderwerk passen und nichts mehr vom Ursprung übrig ist. Bis dahin sind alle Träume längst verflogen.

MEISTER *(lächelt)*: Und was, wenn sie es wollen?

KONDUKTOR *(fast tonlos)*: Verloren.

Eine ferne Melodie. Etwas schimmert am Horizont – nicht das Licht eines Sterns. Gedämpfte Geräusche jagen durch die Nacht. Der Konduktor senkt den Blick. Der Meister folgt seinen Augen, sein Lächeln wird breiter.

MEISTER: Hörst du das, Kondi? Der Jubel, das Echo der Anerkennung?

KONDUKTOR *(flüstert)*: Er hat sich bedankt.

MEISTER *(nickt)*: Natürlich hat er das.

Nur das entfernte Kreischen von Metall auf Schienen.

SZENE 27: Tumulte am Übergang

Bahnsteig. Warmer Sommervormittag, Samstag, 10:20 Uhr. Vögel zwitschern Liebeslieder.

LEHRER: Die Wiese blüht, die Sonne lacht und wir haben hier alles ganz fein gemacht.

KONDUKTOR: Recht. Herr Lehrer. Es ist gar alles wunderbar. Nur fehlt noch der Zwipauer Blumenschmuck.

GLEISARBEITER: Schön' Wetter. *(Er schlägt mit einem Hammer auf ein Gleisstück.)*

LEHRER: Was ist geplant für heute Abend? Der Bahnhof ist zwar wichtig, aber hier wird das Fest doch nicht bleiben, oder?

KONDUKTOR: Natürlich nicht! Zuerst wird feierlich der neue Zug begrüßt, mit tosendem Applaus wird regelrecht die Einfahrt versüßt. Wenn der Zug dann zum Stehen gelangt, kommen alle an die knarrenden Türen gerannt! *(Hammerschlag.)* Als Parade marschieren wir alle zusammen zum Tagesziel, wir sind gespannt. Der Kulturpalast, frisch neu gestrichen, empfängt heut' Abend einen großen Stargast! *(Hammerschlag.)*

LEHRER: Ein prachtvoller Plan. Wäre ich ein Meister, so wäre ich überaus angetan. Nur möchte

ich wissen: Wer ist der Geladene? Trifft man ihn
auch hinter den Kulissen?

Der Konduktor schweigt, Hammerschlag.

GLEISARBEITER *(schreit)*: Geschafft! Die neuen
Gleise sind standhaft und jetzt alle angebracht.
KONDUKTOR: Fabelhaft. Aber werden sie halten?
SCHMIED: So glatt und robust. Sie haben nicht
einmal Falten.
GLEISARBEITER *(leise)*: Eigentlich ist der Zug
doch viel zu schwer. Ich habe Bedenken. Ganz viele.
Ja, sehr.
SCHMIED: Gibt keine zu große und zu massige
Metallmacht. Egal wie sehr der Rauchdrache über
die Schienen kracht.
LEHRER: Da vorne, da quietscht eine rostige
Weiche.
GLEISARBEITER: Nun, das ist bekannt. Aber zum
Austauschen zu schwierig. Zu fest mit der Erde
verzahnt. Das kriegen wir da nie mehr raus. Hat sich
an die Umgebung angepasst und bleibt jetzt da.
KONDUKTOR: Ein   altes   Stück   durchaus.
Vielleicht gehört es ja hierhin. Aber viel beitragen tut
es nicht mehr. Tja. Wie tot liegt es da.
LEHRER: Sollten wir es also nicht polieren?

SCHMIED: Nein, es wird genügen. Ein wenig Rost erzählt keine Lügen. Der Schienenstrang ist stark. Schließlich war es Meisterarbeit und so gehört es sich.

KONDUKTOR: So soll es sein.

Der Bahnsteig füllt sich, drei Frauen setzen sich auf eine Bank.

WALTRAUD FALKENBRECHT: Was ist das denn für ein Tamtam, der veranstaltet wird? Welcher Zirkus ist denn jetzt schon in der Stadt?

HILDEGARD BLEICHENBAUCH: Ein rostiger, gewiss. Bin nicht so überzeugt von der Dampflok. Werden's sehen.

SIEGLINDE GRAUWALDECKCHEN: Die sollen, wenn sie ankommen, sofort wieder gehen! Neues bringt doch nur Unrast.

FALKENBRECHT: Ich mache mir aus dem Tonnenrotz kein Gleichnis. So ein Donnergeschoss ist nichts, was hierhinpasst.

GRAUWALDECKCHEN *(blickt in die Ferne)*: So einen schnellen Nebel hat es hier noch nie gegeben.

Die Schienen surren laut, Steine fliegen aus dem Gleisbett, die Schwellen knarzen.

BLEICHENBAUCH: Ah, da ist doch der Star der Stunde.

GRAUWALDECKCHEN: Der Fahrplan und der schwarze Ruß liegen in aller Munde.

FALKENBRECHT: Mit so einer Kohlenkanone schießen wir alles zugrunde.

BLEICHENBAUCH: Alle sagen, dass dieser Zug Zwipau aus einem tiefen Loch zieht und zur Weltstadt macht.

GRAUWALDECKCHEN *(monoton)*: Gibt es nicht. So ein Zwipau gibt es nicht.

FALKENBRECHT *(rasch)*: Zwipau? Zwipau gibt es nicht.

Der Kinderchor singt ein Volkslied.

KOBER: Hop hop. Tonnenross. Der Kraftkoloss. Ein Kanon.

KONDUKTOR *(bestürzt)*: Ihr müsst alle gerade stehen! Den Kopf nach oben und den Rücken straff! Schließlich empfangen wir nicht einfach irgendwen. *(Er schaut nervös auf seine Taschenuhr.)* Das Tonnenross ist pünktlich.

Tarkan und Sanda erscheinen, halten am Ende der Menge.

TARKAN: Was ist denn das hier für ein Getümmel? Wieso ist der Bahnhof so gut besucht? Was geht hier vor?

SANDA: Wahrscheinlich irgendein Zug. Hab gehört, es soll ein großer sein.

TARKAN: Sogar. Ein großer für das kleine Zwipau.

Bremsen quietschen, es riecht verbrannt, Dampf umhüllt den Bahnsteig, der Zug kommt zum Stehen, lauter Jubel.

KOBER: Was für eine reizende Erfindung, so eine Lokomotive.

GEKRÜMMTER MANN *(verstört)*: Ich muss ja sagen, mit so etwas habe ich bei den Zwipauer Feldern nicht gerechnet. Und so wenig Fenster an den brüchigen Wagons. Ist bedrohlich und bei allem Guten nicht nett.

VERSCHRECKTE FRAU *(ängstlich)*: Diese Silhouetten in den Fenstern sind mir nicht geheuer. Siehst du, wie wenig sie sich regen? Obgleich brenne ein Höllenfeuer, kaum würden sie sich bewegen. Das sieht nicht lebendig und keinesfalls menschlich aus. Was wollen sie von uns?

REPORTER: Es ist viel los. Das gesamte Zwipauer Volk ist berauscht und fröhlich. Eine Bereicherung für die Stadt, ihre Menschen und ihre Geschichte.

KONDUKTOR *(feierlich)*: Zurücktreten bitte. Heute ist ein großer Tag für dieses Dorf. Etwas Großes ist gekommen und es bringt Veränderung.

Die Türen öffnen sich, die Menge tobt, ein Mann in dunklem Gewand tritt aus dem Zug, die Türen schlagen hinter ihm sofort wieder zu.

KONDUKTOR: Der Meister ist da.

SZENE 28: Festtagsparade

Ein großer Festzug wandert durch die Viertel zum Kulturpalast.

MANN: Hast du den Bahnhofsvorstand gesehen? Oder einen echten Sprecher?
FRAU: Eine Ankündigung gab es auch nicht. Habe doch wie jeden Morgen das Tagesblatt gelesen, doch drin gefunden hab ich nichts. Ob der Stadtrat davon überhaupt weiß?
MANN: Vielleicht haben sie das Dampfen und Schnaufen des Schienenkolosses überhört. Kümmert sie nicht. Die da oben atmen andere Luft.
FRAU: Redest du vom zweiten Gesicht? Die zweite Natur. Wie können sie nur.

MANN *(kopfschüttelnd)*: Dafür ist die Parade schön. So etwas macht man doch selten.

Tarkan und der Lehrer abseits, sie reden.

TARKAN: Hallo Herr Lehrer. Schön, dass Sie heute auch erschienen sind. Wie geht es ihrer Familie?

LEHRER: Ah Tarkan, schön, dich mal wiederzusehen. Meiner Familie geht es bestens. Fehlt ihr beide uns in der Schule. Dennoch, wie ist der Ruhm, den du jetzt in vollen Zügen genießen kannst?

TARKAN *(zwiegespalten)*: Man kann sich nicht beschweren, doch ich kann diesen Zustand auch leider nicht verehren. Hinter der Musik, da ist das Geschäft. So dachte ich nie.

LEHRER: Tarkan, du bist ein guter Junge. Mach dir keine Vorwürfe. Leb dich doch heute zu diesem Anlass mit uns hier einfach aus. Zwipau ist eine Familie.

Tarkan und der Lehrer verschwinden in der marschierenden Menge, der Meister kommt zu Sanda.

MEISTER: Sanda. Sanda. Sanda. Ich rechne hier mit dir und einem halben Lambda. Gefällt dir die Parade?

SANDA *(verschüchtert)*: Nanu? Herr Meister, woher kennen Sie denn meinen Namen?

MEISTER: Ich bin doch der Meister, Sanda. Ein Ass.

SANDA *(unterdrückt)*: Stimmt. Was können Sie mir denn über die Lokomotive erzählen? War doch bestimmt ein Abenteuer.

MEISTER *(lacht dreist)*: Ach, darum geht es doch gar nicht, Sanda. *(Er legt seinen Arm um Sandas Schulter.)* Ich brauche einen Termin. Dringendst.

SANDA: Termin? Es tut mir leid, ich verstehe nicht.

MEISTER: Mein Bart muss gemacht werden. Und ich habe mir sagen lassen, dass Sanda diese Kunst bis aufs Tiefste beherrscht. Also, wie sieht es aus?

SANDA: Montag geht. Früh.

MEISTER: Nein. Dommage. Montag ist bereits Abfahrt. Ich komme Sonntag. Früh.

SANDA: Ich bitte um Verzeihung, aber mir ist es nicht methodisch, sonntags zu arbeiten. Bin Christ.

MEISTER: Wo habe ich nur meine Gedanken? Natürlich. Doch bitte ich dich. Mir wurde versprochen, eine frische Rasur bei Sanda zu bekommen. Ich kümmer' mich nicht um den Sonntag, bin Heide. Ich komme Sonntag. Früh.

SANDA *(verstummt)*: Gut. Sonntag ist gut.
MEISTER: Prima.

Sanda geht rasch.

MANN *(betrunken)*: Du bist doch neu. Brauchst
eine Führung? Das junge Bürschchen Sanda ist nicht
grad der Beste. Würde and'ren nehmen. Keinen
Gesellen.
MEISTER: Ab. Ab. Weißt du mit wem du redest?
Sanda soll mich frisieren. Ich bin gewiss.
MANN: Warum bist du der, der ihn so zwingt?
MEISTER: Weil ich weiß, dass er gewinnt.

SZENE 29: Auftritt im Kulturpalast

*Gefüllter Kulturpalast. Rampenlichter flackern, eine
Naht im Vorhang reißt. Aus der Menge geht ein
tosendes Murmeln hervor. Der Meister betritt die
Bühne, er trägt gleich mehrere gelbe Fliegen.*

MEISTER *(schreit)*: Ruhe! Ruhe. Jetzt hört doch
endlich auf.

Die Menge schreckt zusammen, ehrfürchtige Stille.

MEISTER: Liebe Leute. Warum stehe ich hier heute vorne in den Lichtstrahlen? *(Er lacht.)* Natürlich erwarte ich keine blöde Antwort. Ich weiß eine viel bessere gleich selbst: Der Zug hat mich hergebracht! *(Er dreht sich im Kreis.)* Ich will natürlich niemanden auf die Folter spannen. Etwas Großes wurde vorbereitet. Großes und Tolles. *(Er lacht und schlägt sich die Hände vor die Augen, reibt.)* Ach herrlich. Natürlich freue ich mich. Es ist doch toll hier. Weil es so toll klingt, spielt heute eine Musiklegende!

DER KLEINE FRED *(im Publikum, kann sich nicht benehmen)*: Montclair! Die größte Ikone. Ich habe es gewusst.

Unrast verbreitet sich in der Menge. Die Aufregung wird vom Meister abrupt unterbrochen, er erstarrt.

MEISTER *(giftig)*: Was. Nein. Wer ist das? Was redest du da? Quatsch. Ich glaube, niemand hier hat je von einem Montclair gehört. So ein Schabernack. *(Er steckt sich die Finger in die Ohren.)* Sowas Blödes hör' ich nicht. Was. Ich begrüße auf der Bühne den wunderbaren Jacques Saxton! Ganz nach meinem Belieben. *(Er hüpft.)* Find ich doch schön. Ja, ja.

*Der Konduktor betritt die Bühne wie ein geprügelter
Hund. Inmitten der Masse entsteht eine donnernde
Debatte.*

MEISTER *(schmunzelt)*: Kondi! Wie toll, dass du es
bei deinem kurzen Weg doch so langsam
hierhergeschafft hast. Schön. Schön, schön, schön.
KONDUKTOR *(verlegen)*: Ja. Äh. Hallo. Ich bin
das Sax. Ich fange an.
MEISTER: Eine große Rede eines großen Künstlers.
Applaus. Wahre Worte. Applaus.
MANN IM PUBLIKUM: Was? Der Konduktor ist
Jacques Saxton? Dachte, er macht mehr. Hätte mehr
machen können für uns.
ZWEITER MANN: Woher sollten wir das denn
wissen? Vor dem Zug war er so nett. Geholfen hat er
und war immer für uns da. Nun trägt er diese Maske
da und grinst ohne Gewissen unter dem Crêpe-
Georgette.
TARKAN: Sanda. Seine Worte klingen echt. Und
seine Taten scheinen gut. Doch wenn er schreibt,
wird die Tinte rasch zu Blut. Zwischen den Zeilen ist
ein Abgrund, in den man nur fällt, wenn man ihm
glaubt.
SANDA: Ich habe nie gewusst.
MEISTER: Still, still und Ruhe. Wenn ihr den
richtigen Weg einschlagt und euch anstrengt, könnt

ihr doch auch so werden, wie er hier. Auf geht's *(Er spricht es „Sack" aus.)* Jacques.

Der Meister schnürt ihm eine seiner Fliegen hochkant um den Hals. In der Menge fliegt ein Stuhl, der Konduktor fängt an zu spielen.

JACQUES: Dankeschön.

Magerer Applaus.

FRAU: Pumphund, Koks und er mittendrin. Der Holzwurm.
MEISTER: War das gut! Hat uns den Anlass heute versüßt. Nun gut. Das soll reichen. Das war's. Tschüss. *(Er verschwindet hinter dem Vorhang.)*
TARKAN: Naja, war ja nicht schlecht das Solo.
SANDA: Ja.
TARKAN: Was machst du morgen?
SANDA: Kein' Zeit.
TARKAN: Sonntag ist doch immer frei?
SANDA: Wir sind doch nie wirklich frei.

Ein Theaterscheinwerfer geht an, scheint ins Publikum.

TARKAN: Sanda. Die Sonne wärmt nicht. Mir ist kalt.

SZENE 30: 29 Fünf

Sonntag, Friseurladen „Geselle". Der Meister sitzt bereits im Stuhl, Sanda tritt ein.

MEISTER: Ein Musiker, der rasiert. Wie kommt's?

SANDA *(rasch)*: Wie wissen sie?

MEISTER: Man hört doch vieles.

SANDA: Guten Tag, Herr Meister. Ich wusste nicht, dass sie so früh sind.

MEISTER: Ich hätte es gern wie immer.

SANDA: Sind doch neu.

MEISTER *(schmunzelt)*: So, dass es dem Meister gefällt. Sag, wieso sträubst du dich so gegen den Sonntag? Wieso schneidest du nur montags?

SANDA: Montags hatte ich immer frei. Schon in jungen Jahren habe ich von der Familie gelernt, dass sich harte Arbeit lohnt.

MEISTER: Feine Hand hast du, Junge.

SANDA: Man muss nur ruhig bleiben. Die Klinge führt sich fast wie von selbst.

MEISTER: So so. Doch ist es nicht das Messer allein, das rasiert? Es ist doch deutlich die Hand dahinter, nein?

SANDA: Dann braucht es eben eine Hand, die weiß, was sie tut.

MEISTER: Gewiss. Doch gestattest du mir eine Frage?

SANDA: Los.

MEISTER: Ist's die ruhige Hand, die entscheidet? Oder das Messer, das den großen Willen erzwingt?

SANDA: Herr Meister. Die Hand führt. Nicht das Messer.

MEISTER: So sagt der, der die Hand ist.

Sanda schweigt, das Gesicht des Meisters wird mit jedem Schnitt schärfer.

MEISTER *(nachsichtig)*: Wer entscheidet, was bleibt und was geht?

SANDA: Der, der sieht. Und der weiß, was gut ist. Alle anderen schneiden nur das Falsche weg.

MEISTER: Gute Antwort. *(Er betrachtet seine linke Wange.)* Damit gebe ich mich schon zufrieden. Und jetzt noch die rechte. Genauso präzise wie die linke. Ja?

SANDA *(stolz)*: Als Friseur muss man präzise sein. Jeder Schnitt ist gut durchdacht. Die Konturen werden mit höchster Vorsicht gemacht. Hier ein Zug. Und noch einer.

MEISTER: Das genügt.

SANDA: Haben sie noch einen Wunsch?

MEISTER: Gewiss.

Das Messer wechselt die Hand, Sanda nimmt auf dem Friseurstuhl Platz.

MEISTER: Was passiert, wenn der Blick trübt?

SANDA *(schüchtern)*: Welcher?

MEISTER: Dann wird man's sehen. Ein kleiner Vogel war doch schon immer schwach. Sein Schwarm holte sich immer die gleichen Würmer und schleppte das Gut auf die Bäume. *(Er setzt das Messer an Sandas Kehle an.)* Jeden Tag wurde etwas Unnützes gezwitschert und zu keinem Zweck gedacht. Ein jeder Vogel hat seine Gedanken verrechnet und ein Leben lang nach Würmern gesucht. *(Er drückt einen kleinen gelben Zettel in Sandas Brusttasche.)*

SANDA: Herr Meister.

MEISTER *(drückt Sandas Kopf weiter in den Nacken)*: Als sich aber der kleine, unbedeutende Vogel eines Nachts herausschlich und seinen tiefsten Träumen folgte, fand er den Rat der alten Eule am Lichterbach. Der Rest des Schwarms mied stets die treuen Ratschläge der alten Eule Alamarc, weil sie es Generationen zuvor so versprochen hatten. Zu aller Verwunderung, kehrte der kleine Vogel mit dem größten Wurm jeher zurück und lebte seit diesem Morgen im Vogelhaus an der großen Eibe. *(Er lässt den Kopf los, wechselt die Klinge.)* Stillhalten.

SANDA *(vorsichtig)*: Herr Meister, ich habe keinen Bartwuchs.

MEISTER: Das Rasierwasser lässt einen Kunden strahlen. Es riecht nach warmem Schaum und Zitrus.

SANDA: Ich bin nicht wie die anderen.

MEISTER: Sicher. Sicher.

Kurze Stille, dann fährt die Klinge weiter.

SZENE 31: Entscheidung

Nebelwetter, kalter Abend. Der Bahnsteig ist menschenleer. Sanda steht vor der Eisenbahn, die jeden Moment abfährt. Er hält einen gelben Zettel.

SANDA: Bin ich glücklich? Habe ich geschafft, was ich schaffen wollte? Habe ich meine Familie stolz gemacht? Habe ich meine Zeit sinnvoll verbracht?

JEMAND *(schreit)*: Zeitung. Zeitung. Frische Zeitung. Sonderausgabe. Es passiert so viel. *(Er stolpert über ein verlorenes Notizbuch.)*

SANDA: Jetzt wird alle Welt mich sehen.

Dampf zischt aus einem Kessel.

KONDUKTOR: Du bist jetzt zu den Sternen unterwegs.

SANDA: Fahren wir über die Rheinbrücke bei Nacht?

Der Meister erscheint und tritt Sanda auf die Fersen.

MEISTER: Das ist doch ganz egal, Samsa. *(Er springt, wirbelt mit den Armen.)* Jetzt wirst du doch berühmt, wie du es immer wolltest.

SANDA *(nervös)*: Ja, so klar. Und meine Musik? Kann jetzt so viel Neues machen und es allen zeigen.

MEISTER: Sanda. Sanda. Immer diese Musik. Erfolg klingt doch viel besser, nicht wahr?

SANDA *(leise)*: Ja.

MEISTER: Und Erfolg misst sich in Geld.

SANDA: In mir herrscht eine blutige Schlacht.

MEISTER *(rasch)*: Wir fahren ab.

KONDUKTOR *(trillert mit der Tabakpfeife)*: Alle einsteigen. Der Zug setzt sich sofort in Bewegung. Wir fahren früher als geplant.

SANDA: Ich weiß nicht. Aber ich will ihn schon. Den Ruhm. Will funkeln.

KONDUKTOR: Es ist doch das Beste für dich. Es war mir schon immer klar.

MEISTER: Es gibt sowieso kein Zurück mehr.

SANDA: Steige ich in die linke oder die rechte Tür?

MEISTER *(genervt)*: Auf geht's jetzt. Komm.

Konduktor und Meister verlassen den Bahnsteig nach rechts. Sanda wird durch die offene Tür in den Zug geschubst. Er drückt seine Stirn von innen gegen das kalte Glas der Tür.

SZENE 32: Rache

Gänse überfliegen den Bahnübergang.

TARKAN: Herr Konduktor. Was machen Sie hier?

KONDUKTOR: Was meinst du? Ist meine Beschäftigung. Bin doch wirklich immer hier.

TARKAN *(voller Ironie)*: Natürlich. Hatte vergessen. Wollte bedanken und gratulieren zum großen Auftritt. Das fröhliche Musizieren.

KONDUKTOR *(erleichtert)*: Ah. Na klar. Danke dir vielmals. Kann ich behilflich sein? Hast du Fragen?

TARKAN: Wie zähmt man Vögel am besten? So manipulieren, dass sie alleine und ohne Schwarm in die Wolken reisen. Dass sie lernen, eine ganz fremde und unbekannte Zwitschermelodie.

KONDUKTOR *(kopflos)*: Ich kann nicht folgen. Wie? Was? Welche Wolken?

TARKAN: Dachte, das können Sie gut.

KONDUKTOR: Jung. Ich habe noch sehr viel Arbeit hier vor mir stehen. Es wäre vielleicht besser. Du solltest jetzt gehen.

TARKAN *(pfiffig)*: Aber noch eine Frage. Haben Sie Sanda gesehen? Oder den schweren Zug? Glaube nicht, dass so ein Kohlenriese einfach verloren geht. Hab ich recht?

KONDUKTOR: Der Zug ist abgefahren. Vor kurzem. Nach Coda. Da hast du ihn verpasst. Von einem Jungen weiß ich nichts.

TARKAN: Dunst, Licht, Krach und Funken und er irgendwo dazwischen.

Im Hintergrund stürzt ein Kind auf unebener Straße vom Fahrrad.

TARKAN *(mit fester Miene)*: Brauche keine Brille und weiß ganz sicher von den Nächten. War von Anfang an im Wissen. Sie spielten mit den falschen Mächten. Und haben dabei Sandas, meine und ganz Zwipaus Ehre zerrissen.

KONDUKTOR: Verfluchter.

TUKAN: Es steht bereit. Die Zeit ist so weit. Auf geht's.

TARKAN *(nimmt einen Splitter einer Vase aus der Tasche)*: Bezahlen sollst du.

Tarkan sticht dem Konduktor in den Hals und wirft ihn auf die Gleise. Frauen kümmern sich um das Kind im Hintergrund.

SZENE 33: Massagestuhl

Sanda läuft durch den Zug und sucht ein Abteil, in dem er sich niederlassen kann.

SANDA: Der Rhythmus der Räder klingt wie ein Herzschlag. Er vergeht mit der Zeit. Wird immer unregelmäßiger. Ist das Zwipau? Ich bräuchte nur ein kleines Fenster hier, damit ich zurückblicken könnte auf meine Stadt. Hier flackern die Lichter und in jedem kurzen Schatten leuchtet an den Wänden die feuerrote Edelzier. Musik, hieß es doch immer. Musik sei Freiheit. Doch dieser Zug fühlt sich eher an wie ein Käfig und jede neue Tür führt zu einer neuen Illusion. Eine Tür aus Gold und dahinter nur Beton. Nur ein röhrendes Dröhnen und Surren. Keine Melodie, diese Geräusche. Wo bleiben die echten Töne?

Sanda öffnet eine schwere, kalte Metalltür und tritt ins nächste Abteil hinein. Auf hohen, gläsernen Stühlen sitzen mehrere Gestalten, die sich lautstark über etwas zu unterhalten scheinen.

RUFUS BASSILISK: Und wieder 'ne Million. Es kommt mal wieder alles angeflogen und Reichtum lebt sich fein. Die anderen ganz klein und wir gehoben. Daraus wird ein tolles Leben im Scheinchenbett.

WILLIAM MALFUNK: Hast du letztens aus dem Fenster geblickt, diesen kleinen Wicht gesehen, wie er schrie? Er meint, er wäre etwas Besonderes. Richtig gefreut hat er sich und meinte: „Sie sehen mich!". Das war vielleicht fünf Stunden her. *(Er lacht hämisch.)* Was für Emotionen!

ECHO CHAMBERLAIN: Emotionen? Die kriegen wir mit einem guten Hall hin. Da braucht es keine langen Überlegungen, das ist doch klar. Keine Wichte, keine Fenster.

MALFUNK: Du magst recht behalten und das, was du sagst, ist wahr, so wird der nächste wie der letzte ein großer Erfolg ganz und gar.

CHAMBERLAIN: Ich weiß, was gut ist.

BASSILISK: Was ankommt?

CHAMBERLAIN: Per Express und ganz durch Europa, zurück zu mir in mein Täschchen in bar!

MALFUNK: He, was genau machst du da? So viele Töne? Das verwirrt nur, uns verschwimmt auch noch die Krone.

BASSILISK: Ich dachte mir ein wenig anders, das ist doch das, was Spaß macht, und ein feiner Wechsel hier zu diesem besonderen Anlass.

CHAMBERLAIN: Drei Akkorde reichen. Der Rest ist Schikane.

BASSILISK: Ich glaube, wir haben einen Gastauftritt, der auf diesem Zug zum ersten Male reitet. Wer brachte ihn denn mit? Wird auch nicht begleitet. Höllenritt.

Sanda tritt hervor.

CHAMBERLAIN: Willst du nicht reden? Was suchst du hier?

BASSILISK: Leise E. C., Verstumm du im Echo. Er ist doch sichtlich neu hier. *(Er dreht sich zu Sanda.)* Möchtest du dich uns nicht vorstellen? Wie ist dein Name?

SANDA *(hastig)*: Guten Tag, ich heiße Sanda, komme ursprünglich aus Zwipau und möchte nun mit diesem Zug verreisen.

MALFUNK: Mein Herr Magister Lobesan! So viel Unwissen habe ich in sechzehn Worten erst selten verspürt. Vielleicht brauche ich eine Brille.

SANDA: Kennen Sie mich nicht von –

CHAMBERLAIN *(schreit unseriös, unkontrolliert und mit zurückrollenden Augen, fällt beinahe vom Stuhl)*: NEEEEIIN! Ich habe lange nichts mehr von den Kleinen gehört. *(Er wendet sich ab.)* Du Malfunk, lass die Strophen nicht zu lang werden, sonst werden sie übersprungen und keiner versteht sie. Immer diese Tiefgründigkeit. Trägt doch zu keinem bei.

MALFUNK *(rennt zu Bassilisk und rüttelt an seinem Stuhl)*: Siehst du? Es funktioniert nicht. Neue Töne kann ich nicht gebrauchen.

BASSILISK: Meine Herren, habet euch nicht so. Schließlich öffnet doch der Meister höchstpersönlich die Türen an eben seinen gewählten Haltestellen. Ich würde niemals dran zweifeln.

CHAMBERLAIN: Niemals würde ich es wagen, Zweifel zu haben.

MALFUNK: Niemals würde ich es wagen, Zweifel zu haben.

BASSILISK: Komm Sanda, wir setzen uns. Wir sind doch beide Zwipauer Knaben. *(Er lächelt Sanda an.)*

SANDA: Danke für Ihren lieben Empfang. Ich habe eben Ihr Gespräch überhört. Sie meinten, die Tiefgründigkeit trage zu keinem guten Song bei. Aber ich finde, das ist doch gerade die Kunst am Schreiben.

CHAMBERLAIN: Wir brauchen keinen Künstler. Wir brauchen eine Marke. Kunst hat noch nie etwas verdient. Möchtest du nach Dekaden gefunden werden, verschifft und in einem fremden Land in der Halle hängen?

MALFUNK: Bist du nicht gekommen fürs große Geld? Wie wir alle. *(Er kleckert mit seinem Adelchampus auf den Kaltpelzteppich.)*

BASSILISK: Siehst du? So etwas kannst du dir leisten. Wenn deine Marke funktioniert, verdient man eine Wahnsinnsgage.

SANDA: Aber wie kommt man in der Laufbahn auf so viele verschiedene Melodien?

MALFUNK: Verschieden?

CHAMBERLAIN: Melodien? Ganz egal. Wichtig ist, dass es funktioniert. Ankommen und verbreiten muss es.

SANDA: Aber der Hörer braucht doch Melodien. Unsere Fanatiker verlangen Kreativität. Wir müssen eine Nachricht vermitteln.

CHAMBERLAIN: Musik ist nicht zum Hören da. Sie ist zum Verkaufen da. Schau dir diesen Malfunk an. Niemand kennt sich mit den Zahlen so gut aus wie er. Von Musik findet sich in den Finanzen keine Spur.

MALFUNK: Stimmt genau. Die letzten Produkte laufen am Band.

BASSILISK: Aber nicht am Tonband.

MALFUNK: Brauchen nur auf den Glashockern ruhen und unsere Werte vergleichen.

BASSILISK: Erst letztens wieder zwanzigtausend Neue, die uns die Banknoten bereiten.

SANDA *(zu sich)*: Wie kann man so laut sein und doch nichts sagen? Wie kann man so sehr leuchten und doch kein Licht abgeben? Vielleicht sind sie gar nicht die Sterne. Vielleicht sind sie nur kleine Glühbirnen in einem endlosen Studio. Sollen leuchten und reichlich Bims machen. Bis einer den Schalter umlegt. Und dann? Dann bleibt nichts als flackernde Erinnerung in einem Raum, der nie wirklich hell war. Tarkan hatte es doch immer gesagt.

SZENE 34: Kampagner oder Champagne?

Ein prunkvoller, überbelichteter Raum im Zug mit Spiegeln an den Wänden. Es wird reichlich Champagner getrunken. Sie sitzen an einem hohen Tisch.

MALFUNK *(lacht)*: Authentizität? Das ist gut, das schreiben wir ins Pressestatement.

CHAMBERLAIN: Ausgezeichnete Kampagne. *(Er zerkaut sich am leeren Champagnerglas.)*

SANDA *(bemerkt eine verstaubte Vitrine in einer Ecke)*: Was hat es mit diesem Schaukasten auf sich? Kampagnen oder noch mehr Champagner?

Sanda lacht allein, der Rest ist stumm.

SANDA *(zeigt auf die leeren Gläser)*: Noch mehr Champagner?

BASSILISK *(stumpf)*: Klar. Ruf doch einfach, hier wird es dir gebracht.

MALFUNK *(lacht)*: Aber bitte serviert auf den goldenen Platten! Und schön anschreien.

SANDA *(schreit)*: Kellner, du altes Haus. Hierher mit dem guten Gaumenschmaus. Gebracht auf den feinsten Rondellen der guten Nacht! Hop.

Aus einer Spiegeltür tritt ein Diener hervor. Duke Alaric Montclair tritt mit dem Champagner auf den goldenen Platten heraus. Er wirkt abgemagert, sein Gesicht ist blass.

MALFUNK: Fein gemacht, unser kleiner Hausjunge. *(Er streichelt Montclair am Revers.)*

Sanda schweigt.

CHAMBERLAIN: Jetzt bring uns doch die feine Ware.

BASSILISK: Und die Platten. Und die Platten!

MONTCLAIR *(schwach, rau)*: Sanda?

MALFUNK: Und den Champus! Und die Platten! Wie viel wir schon hatten! Das ist ein Muss! Hochgenuß!

MONTCLAIR *(zu Sanda, zögert)*: Wie gefällt dir die Vitrine?

SANDA *(verstört)*: Wieso? Was ist damit?

MONTCLAIR: Drin ist ein Schatz.

Montclair öffnet die Vitrine und holt ein verkümmertes Banjo heraus. Die Saiten sind zerrissen. Die Herren am Tisch tollen herum.

MONTCLAIR: Alles verstaubt. Musiker?

SANDA: Die schönen Instrumente.

BASSILISK *(lacht)*: Schön? Schön ist, was verkauft wird.

MONTCLAIR: Rufus, wir kennen uns.

MALFUNK: Was passiert hier?

CHAMBERLAIN *(wirft eine Platte nach Montclair)*: Alaric! Misch dich nicht ein und schweig. Du bist nicht ohne Grund nur noch Diener. Du bist passé. Mach dich klein.

MONTCLAIR: Chamberlain so wie der Alte. *(Er wendet sich zu Sanda.)* Lass dich nicht blenden von dem, was du begehrst. Selbst mit Liebe und Leidenschaft wirst du deine Träume nie empfangen, wenn du deinem Leben den Rücken kehrst.
CHAMBERLAIN *(schreit)*: Still! Still!

Eine zweite, deutlich härter geworfene Platte trifft Montclair am Adamsapfel.

MONTCLAIR *(am Boden)*: Coda.

Die Luft ist schwer von künstlichem Applaus.

SZENE 35: Endstation

BASSILISK: Kunst ist für die, die nicht überleben müssen. Auch ich wollte anfangs nur aus Liebe zur Musik singen. Man hat schnell gemerkt, dass einen die Werke nicht erfüllen und in ein noch tieferes Loch ziehen. Der Ausweg ist verkleidet, selbst ein Teufel. Das baut Druck auf. Die Liebe zur Kunst ist die einzige Hoffnung. Aber wer hört Liebe, wenn das Vermögen lauter spricht? Die Entscheidung war schnell.
SANDA: Und leicht?

BASSILISK: Nein.

MALFUNK *(dreht sich auf seinem Stuhl)*: Zwei, drei, vier. Ihr redet zu viel Nicht-Geld hier. Bringt doch keinem was. Chamberlain? Tiefgründigkeit und der alte Kram.

SANDA: Schwimmt Geld an der Oberfläche? Und davon kann man sich kaufen, was man will?

CHAMBERLAIN: Du bist naiv. Alles, was nur Geld kostet, ist billig. Es kostet viel mehr als das. *(Er schaut auf seine Uhr.)* Wahre Werte bleiben oft verloren. Erst wenn sie vergangen sind, beginnt man, zu schätzen. Das ist der Fehler.

MALFUNK *(hetzt von seinem Stuhl)*: Der Fleck wird größer.

BASSILISK *(verspürt ein Stechen im Bein)*: Ist es so weit?

CHAMBERLAIN: Es geht um das Geschäft. Ich erwarte höchste Konzentration! Höchster Fokus.

SANDA: Ich habe Ideen!

CHAMBERLAIN: Geschäft! Der Rest ist Sünde und Vergeudung. Wir müssen liefern! Der Markt wartet nicht.

SANDA: So eine strikte Geldforderung? Das ist Belastung. Ich dachte, wir wären jetzt ungehemmt? Das Kopfzerbrechen. Dachte, der Zug mache frei.

BASSILISK: Wir fahren auf einer einzigen Stahlrippe.

Malfunk rennt einmal im Kreis, setzt sich danach wieder auf seinen Stuhl und dreht sich.

MALFUNK: So funktioniert das Milieu. Wirst du nicht mehr gebraucht, rückst du in den Hintergrund und wirst vergessen.

SANDA: Wo geht es dann hin?

BASSILISK: Das weiß niemand so genau. Aber Montclair landete hier im Zug als Diener.

SANDA *(mit Nachdruck)*: Ist so etwas schon einmal passiert? Oder war Montclair der Erste?

BASSILISK *(verlegen)*: Erster.

SANDA: Wohin geht diese Reise? Und wer fährt uns in diesem Glutläufer?

Stille, Malfunk hört auf, sich auf seinem Stuhl zu drehen.

MALFUNK: Entweder ein Zugbegleiter, der die Türen aufreißt und alle Passagiere an Bord geleitet. Oder deine Gier.

Draußen rumpelt es, die Schienen werden rauer.

SANDA: Und wie lange seid ihr schon hier?

CHAMBERLAIN: Genug Fragen. Die Antworten sollten dir reichen. Wir sind für das Geschäft hier.

Und du bist neu. Also wirst du früher oder später den großen Schritt machen müssen. Und die Zeit ist jetzt reif. Du musst nur unterschreiben.

Sanda wird ein Vertrag auf schwerem Papier vorgelegt.

BASSILISK: Sanda. Federführend. Klingt das nicht verlockend?

SANDA *(leise)*: Im Feld dort unten in der rechten Ecke reicht schon mein Name?

MALFUNK: Zieh den Stift und fertig ist deine Anteilnahme.

SANDA *(zögert)*: Was geschieht mit dem Papier?

Kurze Stille, der Stift kratzt leise.

CHAMBERLAIN *(schaut erneut auf seine Uhr)*: Auf geht's.

Das Signalhorn schreit.

SZENE 35: Windstille

Mühle am Stadtrand. Aus den Dächern der Häuser qualmt es. Tarkan beobachtet eines der vier Rotorblätter, der Wind pfeift über das Feld.

TARKAN *(gelassen)*: Voll Schutt und Asche ist mein Gewissen nicht. Ist nichts zermahlen, ganz fein und schlicht. Nein?

TUKAN: Deine Berufung hier ist es, jetzt über alles Gesagte nachzudenken.

TARKAN: Hab ich je Zweifel gezeigt? Ich denke, die Wahrheit, die durch meine Vorliebe hervorgebracht wurde, ist unausweichlich.

TUKAN: Hörst du auf den Appell?

TARKAN: Spielen wollte ich. Zeigen.

TUKAN: Besitzen. Hast den Schatten nicht vorhergesehen.

TARKAN: Die Meister waren für mich jeher ein Konstrukt, das im Himmel verweilen sollte. Groß wollte ich sein. Nicht überdimensional.

TUKAN: So so. Wie zerrissen der junge Tarkan doch war.

TARKAN *(melancholisch)*: Was wir geschaffen haben, ist schön. Ist schön. Schön. Echt. Die Weite kann sich freuen. Zwipau kann sich freuen. Die Welt kann sich freuen. Doch unter der glatten Oberfläche toben ungezähmte Wellen.

TUKAN: Ah. Jetzt sprichst du noch von „wir". Nach allem, was passiert ist? Wo ist denn jetzt der berühmte Partner?

TARKAN: Fort. Und hart, dass ihn niemand hier vermisst. Ein verlorener Schatten im Strom der Zeit. Um zu sehen, was geschieht, war er einfach noch nicht bereit.

TUKAN: Denkt er, die Welt erinnert an ihn. Doch scheint er jetzt die Nacht nur hell.

TARKAN: In mir bleibt ein unauslöschlicher Abdruck. Findet er je zurück? Je länger man im falschen Zug sitzt, desto teurer wird die Rückfahrt.

Die Mühle bleibt stehen.

TUKAN: Was willst du denn jetzt noch sehen? Wirst du hier für immer stehen?

TARKAN: Nein. Trotz allem werde ich nicht als Mörder in Erinnerung bleiben. Dafür bin ich nicht geschaffen *(Er holt einen gelben Zettel aus seiner Tasche.)* Das Leben ist schön. So ein Leben ist schön. Schön.

TUKAN: Fragt er sich nicht, ob er richtig gehandelt hat?

TARKAN: Hab ich richtig gehandelt?

TUKAN: Zermahlenes Leben. In der Mühle wirst du's finden.

Er erklimmt eine Leiter, stoppt vor dem Mühlstein.

TARKAN: Was, wenn all meine Erinnerungen schwinden?

TUKAN: Kein Jammer. Du brauchst dich nicht mehr zu überwinden. Es ist da, wo sich alle befinden.

TARKAN: Alle? Niemals kann das sein. Niemand kann das.

TUKAN: Keine Rede. Geh nun hinein.

TARKAN: So wird der Mühlstein zum Grabstein.

TUKAN: Es ist das, was alle empfinden.

TARKAN: Ich kann nicht alle Elemente dieser kaputten Welt verbinden. Ich bin keine Brücke: Ich mag die Viertel.

TUKAN: Es ist mir eine Ähre.

TARKAN: Ich steh nie mehr auf. Nie mehr.

Der Wind beginnt zu pfeifen, die Mühle setzt sich wieder in Bewegung. Stille.

SZENE 37: Zwipau

Klassenzimmer, Veranda.

LEHRER: Wie war es für dich?

ERSTER SCHÜLER: Anstrengend war es, Herr Lehrer. Aufregend auch. Hat Kraft gekostet.

ZWEITER SCHÜLER: Auch Zeit. Aber es hat Spaß gemacht und uns gefallen.

LEHRER: Leute. Nachdem ich mein Studium mit hochrangigem Abschluss absolviert hatte, kam mir die Idee, zu reisen.

ZWEITER: Haben wir noch genug Kraft?

ERSTER: Lust auf Reime? Monsterwellen.

LEHRER: Ich habe keine.

ZWEITER: Das war's. Nimm doch seine. Begeben wir uns auch auf Reise?

ERSTER: Brot ist eine leckere Speise.

ZWEITER: Auf seltsame Weise. Machen wir ein Bild.

LEHRER: Deuten. Alles deuten.

ZWEITER: Auch die Gedichte?

ERSTER: Unsere.

ZWEITER: Zusammenspiel.

ERSTER: Trunkenheit.

ZWEITER: Finden. Dokumentieren. Definieren.

ERSTER: Also doch Gedichte?

ZWEITER: Markt, wie gewohnt.

ERSTER: Sturm und Licht.

ZWEITER: Teppichpflege.

ERSTER: Bräutigam macht kehrt.

LEHRER: Hört auf.

ERSTER: Es war mir eine Ehre.

Nachweis

Dieses Drama ist zwischen Klang und Stille entstanden. Zwischen Momenten, in denen Freiheit alles war – und solchen, in denen sie nichts mehr bedeutete. *Zwischen Pausen und Vierteln* erzählt nicht nur eine Geschichte. Es ist der Versuch, ein Gefühl festzuhalten: das Ringen zwischen künstlerischer Freiheit und einem System, das aus Ausdruck ein Produkt machen will. Ein Versuch, der auf Fragen trifft, die einfach nicht beantwortet werden wollen. Wer am Ende dieses Dramas abschließend ein Unlesbarkeitsfazit zieht, hat sich darin bereits wiedergefunden und alle offenen Fragen für sich beantwortet. Unser Glückwunsch. Andernfalls birgt die Suche nach Antworten die Gefahr, in Bedeutungslosigkeit zu münden. Die Entscheidungen der Figuren sind mehr als nur Handlung. Es sind Bilder unbekannter Wege, die gegangen werden können oder vielleicht nie hätten betreten werden sollen. Die Idee einer Neufassung fällt uns bei unseren Kuraufenthalten im Sommer 2025 in Alanya, an der türkischen Riviera, und in

Morzine, im französischen Département Haute-Savoie, ein. Letzterer wurde aber einheitlich der Schweiz gewidmet. Auf zweitausend Höhenmetern weckte die fragmentierte Erstfassung des Dramas *Zwischen Pausen und Vierteln* verschiedene Gefühle. Aus der klaren, frischen und ebenso abenteuerlichen Bergluft und der Distanz zum Drama entstand ein Impuls, aus dem wir die Inspiration herausfilterten, uns neben dem neuen, ungewohnten Universitäts- und Arbeitsalltag erneut mit den Geschehnissen in dem kleinen Dorf Zwipau zu befassen und das zu Abiturzeiten Geschriebene zu optimieren. Diese Neuauflage ist eine überarbeitete Fassung des ursprünglichen Textes aus dem Jahr 2025. Die allgemeine Struktur und einige Details wurden geschärft, ohne den Kern zu verändern. Im Mittelpunkt steht weiterhin das, wofür dieses Buch ursprünglich gedacht war: die Suche nach Echtheit. Vielleicht auch mehr als das. Vielleicht ist es in seinen Fragmenten, Brüchen und der eigenen Unruhe ein Versuch eines Aufschreis einer gesamten Generation, die zwischen Ausdruck und Anpassung ihren eigenen, wundervollen Klang verloren hat. Der Klappentext wird diesem Anspruch nicht gerecht. Das ist beabsichtigt.

TANDAKAN

Tandakan ist ein aufstrebendes Schriftsteller-Duo, das sich mit einer literarischen Varietät durch die unterschiedlichsten Problematiken der Neuzeit bewegt. Die beiden Bielefelder Jannis Ottovordemgenschenfelde und Nick Cudakiewicz – fusioniert als *Tandakan* – erzählen mit einer poetischen Standardabweichung, die dem Leser einen unvergesslichen Reiz in den Nucleus accumbens setzt.

Der Nucleus accumbens ist Kernstruktur im basalen Prosencephalon, die eine zentrale Rolle im Belohnungssystem und bei der Entstehung von Motivation spielt. Ebenso wichtig im Systema stimulationis ist eine Ration *Tandakan*. Das Universum ordnete uns einen eindeutigen Skalarwert zu, welcher nach Laplace über unsere Zukunft entscheiden sollte: Angefangen in der Schule, suchte man im Deutschunterricht in literarischen Weltwerken nach bedingungsloser Belustigung. Schnell haben wir erkannt, dass wir von den ausdrucksstarken Texten und Büchern des

Curriculums angezogen wurden und wollten unsere zahlreichen Gedanken und Ideen auf die gleiche Art und Weise vermitteln. Aus einer Hausaufgabe heraus entstanden zwei Gedichte: Das eine morgens im Schulbus geschrieben, das andere verschollen. Schnell folgten weitere. Ob über Natur, Gefühle, Erlebnisse oder Urteil, jedes Gedicht ist einzigartig und ein Großteil wurde im Internet veröffentlicht. Neben dem Schriftlichen gründeten wir die schulische Jahrgangsband *The Random Silence Project*, schrieben Songs und traten bei zahlreichen Anlässen musikalisch auf. Wie ein angenehm heller Schatten, der einen auf Händen trägt, begleitete uns in dieser Zeit die Idee eines eigenen Dramas. Stück für Stück sammelten sich grobe Gedanken, die sich sehr langsam zu einem großen Ganzen formten, sodass wir uns während der Abiturphase angetrieben sahen, den Ideenhaufen zu einem echten Buch zusammenzufügen. Am 24.03.2025 war es so weit. Ein großer Dank gilt unserem Deutschlehrer, der uns nicht nur schützend durch das Abitur geleitet hat, sondern auch unwissend mit seiner beispielhaften Art und Weise die Projekte *Tandakan* und *Zwischen Pausen und Vierteln* ins Leben gerufen hat. Danke an alle, die uns begleitet und inspiriert haben.

TDK.

FSC
www.fsc.org

MIX

Papier | Fördert
gute Waldnutzung

FSC® C083411

Zeitfracht Medien GmbH
Ferdinand-Jühlke-Straße 7
99095 Erfurt, Deutschland
produktsicherheit@kolibri360.de